l’enchanteresse

J'AI LU

Barbara Cartland est une romancière anglaise dont la réputation n'est plus à faire.

Plus de trois cents romans variés et passionnants mêlent aventures et amour.

Les Éditions J'ai Lu *en ont déjà publié plus de quatre-vingts que vous retrouverez dans le catalogue gratuit disponible chez tous les libraires.*

Les Éditions J'ai Lu *publient également* Les romans préférés de Barbara Cartland, *un choix des livres qui ont enchanté sa jeunesse.*

BARBARA CARTLAND

l'enchanteresse

traduit de l'anglais par Catherine AUDIÈRES

Éditions J'ai Lu

Ce roman a paru sous le titre original :

ENCHANTED

AVERTISSEMENT DE L'AUTEUR

Les elfes sont des esprits de la nature qui hantent les eaux, les bois, les montagnes.

Le mot « elfes » désigne également des êtres aériens, de petite taille, mais d'une grande beauté et d'une perfection de formes extraordinaire.

Les jeunes elfes féminins ont le pouvoir d'enchanter et d'envoûter les hommes. Si l'un d'eux se mêle à leurs danses, il se perd à jamais et nul ne le revoit plus. Ces danses se déroulent sans témoin mais il en reste des traces, au matin, dans l'herbe des prés... C'est ce qu'affirme la légende.

Silvanus, l'un des dieux les plus antiques de Rome, vivait dans les forêts et dans les collines. Protecteur de l'agriculture, plusieurs animaux lui étaient consacrés : le cheval, le loup, le pivert. Figuraient aussi à la célébration de son culte le figuier, le chêne et le laurier.

1

La porte de la bibliothèque s'ouvrit. Sans hésiter, lady Elfa s'allongea sur le sol de la galerie.

On accédait à la bibliothèque par un escalier en spirale. De dimensions imposantes, ornée à mi-hauteur par un balcon sculpté, avec ses murs tapissés de reliures, cette pièce était à juste titre la plus célèbre d'Allerton Towers, résidence campagnarde du duc de Northallerton.

Lady Elfa affectionnait la galerie, mais pas seulement pour sa beauté! La balustrade s'ornait d'un foisonnement de fleurs et de feuilles entrelacées. Allongée derrière cette frise, la jeune fille avait vue sur la salle et restait invisible aux regards des visiteurs.

Elfa posa son livre devant elle et, à plat ventre, reprit sa lecture. En bas, quelqu'un choisit un volume et s'installa à une table.

Lady Elfa, agacée, reconnut les pas et les gestes de sa mère. Raison de plus pour ne pas bouger. Si sa mère la découvrait en train de lire, elle inventerait aussitôt un message à porter à ses jardiniers, ou l'enverrait travailler à ses plates-bandes.

La duchesse de Northallerton ne vivait que pour son jardin et se passionnait pour des tâches que ses filles jugeaient ennuyeuses : couper les fleurs mortes, dépoter les boutures précieuses qu'on lui envoyait de partout, s'occuper des repiquages...

Eprise de vie au grand air, la duchesse condamnait sévèrement les goûts de sa cadette qui consacrait tout son temps à la lecture.

« Elfa, disait-elle volontiers, s'encombre l'esprit de chimères et de choses qui ne lui serviront jamais à rien! »

Et elle répétait, à qui voulait l'entendre, que sa fille n'avait pas les pieds sur terre, qu'elle vivait dans son petit monde imaginaire.

Elfa, nichée dans les airs, au-dessus de sa tête, s'absorbait dans ce plaisir défendu et tournait les pages de son livre, oublieuse de la présence maternelle.

Elle sursauta en entendant la voix de son père :

– Ah! Vous êtes là, Elisabeth! s'écria celui-ci. Je vous ai cherchée partout! Je vous croyais au jardin.

– Je vérifiais le nom latin d'une azalée que je viens de recevoir. Arthur, il faut absolument que vous veniez la voir! J'ai eu beaucoup de mal à me la procurer. J'avais si peur qu'elle ne supporte pas le voyage! Mais tout s'est admirablement passé, grâce à Dieu.

Son mari se moquait bien de l'azalée et de ses qualités. Il connaissait les manies de sa femme : si elle commençait à s'enthousiasmer, elle était capable de disserter longtemps sur l'histoire de ce spécimen rare, sur la façon dont elle se l'était procuré, sur ce qu'il deviendrait, traité dans ses serres, par ses soins... Il coupa court :

– J'ai à vous parler, Elisabeth! Et je vous prie de croire que ce que j'ai à vous apprendre est autrement plus important que toutes les fleurs de vos jardins!

La duchesse comprit qu'il fallait se résigner. Sa voix trahit son appréhension :

– Que vous arrive-t-il, Arthur?

Son époux, fort prosaïque, perdait rarement son sang-froid. Aujourd'hui, il se dominait mal, ses yeux brillaient, sa voix vibrait d'excitation. Quel contretemps! Ses plates-bandes attendaient ses soins, et Arthur allait se montrer bavard...

– Je viens de régler une fois pour toutes le problème de Magnus Croft! commença-t-il, solennel.

– Magnus Croft?

– Allons, Elisabeth, ne soyez pas stupide! Vous savez aussi bien que moi ce dont je parle! Les cent hectares de Magnus Croft, ce sujet de discorde entre les Lynchester et nous, depuis plus de vingt ans!

– Ah! C'est ça!

– Oui! C'est ça! répéta le duc d'une voix rogue. Eh bien! Je crois pouvoir dire que moi seul ai, finalement, trouvé la solution à l'amiable et capable de satisfaire tout le monde.

L'attention d'Elfa se détacha de sa lecture et se porta sur la conversation qui se déroulait au-dessous d'elle.

Elle connaissait, beaucoup mieux que sa mère, la profondeur du fossé que ces cent hectares de Magnus Croft avaient creusé entre les deux maisons ducales de Northallerton et de Lynchester.

Tout le comté marquait les points et les deux ducs évitaient de se rencontrer.

Cette querelle entre Northallerton et Lynchester, les propriétaires terriens les plus importants de la région, alimentait tous les bavardages du voisinage.

Il y eut pis : ce différend prit une telle importance qu'on en parla dans les journaux.

Fureur du duc de Northallerton! Il méprisait la grande presse et proclamait volontiers qu'un homme du monde, un homme convenable, n'avait son nom imprimé dans le journal qu'à sa naissance, à son mariage et à sa mort.

Cette inimitié, devenue célèbre, portait même un nom. On l'avait appelée : « la guerre des ducs » et cela ne contribuait pas à calmer la mauvaise humeur du père d'Elfa.

Elfa et sa sœur Caroline souffraient de cette curieuse

situation. On ne les invitait pas, bien entendu, aux fêtes que donnaient les Lynchester à Chester House, dans leur résidence toute proche.

Dans leur enfance, cette exclusion ne les préoccupait guère. Il n'y avait pas de jeunes de leur âge, à Chester House. Par contre, des amis avec qui partager leurs jeux abondaient dans tout le voisinage d'Allerton Towers.

Mais Caroline était, à présent, une jeune fille. Elfa s'apprêtait à faire son entrée dans le monde. Le jeune duc, qui avait hérité du titre deux ans auparavant, offrait des bals, des réceptions somptueuses. Triste chose, pour les deux sœurs, de n'en connaître que les échos rapportés malicieusement par leurs relations.

Elles avaient exprimé leurs doléances à leur mère. Sans aucun résultat! La duchesse, catégorique, avait répondu :

– De quoi donc vous plaignez-vous? Je vous assure que ces réceptions ne vous plairaient pas du tout! On m'en a parlé, à moi aussi! Les amis du duc sont de son âge, et par conséquent, plus âgés que vous. Ce sont des gens snobs, des mondains, pas du tout votre genre! Vous vous ennuieriez avec eux, et vous ne vous sentiriez pas du tout à votre place!

On devinait que la duchesse, elle, n'aimait pas du tout les amis du duc de Lynchester!

Elfa respectait les opinions de sa mère, mais ne pouvait s'empêcher de penser que les invités de Chester House devaient être plus amusants que ceux d'Allerton Towers.

Ses parents ne recevaient que de vieux gentlemen campagnards qui se passionnaient pour la chasse à courre, ou les dignitaires du comté. Compagnie respectable, mais peu réjouissante pour deux jeunes personnes!

Caroline, pour sa part, ne s'intéressait plus aux fêtes de Chester House. Parfois, Elfa apercevait le duc de Lynchester à quelque rendez-vous de chasse. C'était un superbe cavalier, d'une intrépidité sans pareille. Il montait avec élégance, et son allure aristocratique était très remarquée.

Elfa attendit avec impatience la suite de cette conversation. Sa mère demanda :

– Eh bien, Arthur, qu'avez-vous décidé au sujet de cette terre? Je suis fatiguée d'en entendre parler! J'ai toujours pensé qu'il y avait une solution. Lynchester et vous auriez dû la partager, voilà tout!

Arthur en suffoqua de colère :

– Ah! non, Elisabeth! Vous n'écoutez jamais ce que je vous dis! Ne vous ai-je pas répété des dizaines de fois que le dernier duc de Lynchester avait fait cette offre à mon père qui refusa catégoriquement! Il a juré que cette terre lui appartenait, et qu'il n'en céderait pas un pouce, fût-il réduit à son dernier centime!

Elle soupira.

– Calmez-vous, Arthur, je vous en prie! C'est vrai, vous me l'avez répété souvent! Je l'avais oublié...

– C'est bien dommage! Vous vous souvenez peut-être de la mauvaise foi de Lynchester. Mon père a gagné ce terrain aux cartes, mais Lynchester, ivre ce soir-là, prétend qu'il ne savait pas ce qu'il faisait. Et je dis, moi, que si un homme est capable de jouer aux cartes, il n'est pas ivre au point d'ignorer l'enjeu qu'il a lui-même proposé!

La duchesse étouffa un soupir d'ennui.

Ces arguments, elle les avait entendus cent fois; depuis son mariage, jour après jour, on évoquait ces cent malheureux hectares à la table familiale.

Ce qui rendait ce problème si épineux, c'est que Magnus Croft avait longtemps constitué le meilleur terrain de chasse des Lynchester. Ces bois, si âprement disputés, foisonnaient de faisans.

Le jeune duc, aussitôt en possession de son titre et de son héritage, tenta de rencontrer son voisin, bien décidé à récupérer cette terre qui, depuis des siècles, appartenait à sa famille.

Northallerton n'avait nul besoin d'argent : inutile, donc, de lui faire quelque alléchante offre d'achat. Et pourtant, Magnus Croft, bien que giboyeux, ne l'intéressait guère. Cette terre, située aux confins de ses propres domaines, était difficile à louer et à entretenir.

Cependant, jamais il n'abandonnerait de son plein gré ce qu'il considérait comme un bien légitime! Et en face de lui, aussi déterminé et entêté, le nouveau duc de Lynchester, bien décidé à reprendre Magnus Croft!

– Je ne vous en ai pas parlé, Elisabeth, je sais trop bien que vous ne m'écoutez jamais! Chaque fois que j'ai rencontré Lynchester à la Chambre des pairs, il m'a relancé sur cette affaire. Il agit de même aux réunions des comités du comté. Il m'en a même touché quelques mots pendant une partie de chasse, un moment où l'on n'a pourtant pas envie de parler affaires!

– En effet! fit distraitement la duchesse.

– Aujourd'hui, nous sommes tombés d'accord, Lynchester et moi, à la réunion du comité de chasse. Un nouveau venu, qui vient de s'établir dans le voisinage, a l'audace de vouloir installer chez lui une meute de chiens. Lynchester m'a énergiquement soutenu pour le contrer. Alors, tout d'un coup, une idée m'est venue!

Il s'interrompit pour ménager son effet, mais la duchesse le pressa de continuer :

– Quelle idée avez-vous eue, Arthur?

Cette histoire ne l'intéressait pas. Elle se moquait bien des cent hectares de Magnus Croft, qu'elle n'avait jamais eu la curiosité de visiter! Mais le soleil brillait, le temps s'écoulait et les jardins attendaient sa venue.

Quelle journée idéale pour dépoter et repiquer! N'a-t-elle pas trop hésité, avant de retirer ses boutures de la serre? Quel ennui d'être retenue à l'intérieur, à écouter des bavardages insignifiants!

Le duc, lui, se complaisait dans son récit :

– J'ai déclaré à Lynchester : « Toutes ces disputes entre nous n'ont que trop duré ! Je crois avoir trouvé le moyen de vous rendre ce damné terrain sans me léser moi-même ! »

– Quel moyen, Arthur?

– C'est exactement la question que m'a posée Lynchester ! Et voilà ce que je lui ai répondu : « Si vous épousiez ma fille, Magnus Croft pourrait faire partie de sa dot... »

Il avait enfin réussi à retenir l'attention de sa femme. Celle-ci poussa un petit cri de surprise :

– Oh ! Arthur ! Vous voulez dire qu'il va épouser Caroline ? Voyons, vous n'avez sûrement pas pris un pareil engagement ?

– Pourquoi pas ? A mon avis, je me suis montré très adroit ! Tout le monde sait, qu'à trente-cinq ans, Lynchester doit songer à se marier et à avoir un héritier ! Il n'y a rien de plus normal pour Caroline que de devenir duchesse de Lynchester !

Elisabeth de Northallerton en oublia ses jardins :

– Vous plaisantez, Arthur ! Vous savez bien que c'est impossible ! Caroline est amoureuse d'Edouard Kalkirk !

– Edouard Kalkirk n'a pas le sou. Faut-il vous le rappeler ? Lynchester, lui, est le meilleur parti de la région !

– Arthur ! vous avez promis à Caroline qu'elle épouserait Edouard, s'il réussissait dans son élevage de chevaux !

Le duc n'aimait pas beaucoup qu'on lui tînt tête :

– Ah ! non ! Permettez, Elisabeth ! Je n'ai rien promis de pareil ! J'ai dit, seulement, que j'y songerais. Eh bien, j'y ai réfléchi et ma réponse est négative. Caroline épousera Lynchester et Magnus Croft figurera dans son contrat de mariage ! (Sa voix, jusqu'alors courroucée, s'adoucit :) Caroline fera une superbe duchesse. Qui donc, mieux qu'elle, saurait porter les célèbres diamants des Lynchester?

Il n'avait jamais dissimulé sa préférence pour Caroline. Il se montrait fier de ses deux fils, en pension à Eton. Mais cet homme dur ne manifestait sa tendresse qu'à Caroline.

La jeune fille n'ignorait pas qu'elle était sa favorite. Aussi, sans trop de difficultés, avait-elle convaincu son père qu'elle aimait Kalkirk et qu'elle serait très malheureuse si on l'empêchait de l'épouser.

La duchesse s'obstina :

– Arthur, vous ne vous rendez pas compte! Je puis vous affirmer que Caroline est très amoureuse de ce jeune homme!

Le duc perdit patience :

– Amoureuse! Amoureuse! C'est stupide! Qu'est-ce que cela peut faire, quand il s'agit d'une affaire si importante? L'amour vient après le mariage, vous le savez bien, Elisabeth! Lynchester, d'ailleurs, n'ennuiera pas beaucoup sa femme. Tout le monde connaît sa façon de vivre!

– Vraiment, Arthur, vous allez trop loin! Je me demande même comment vous pouvez dire des choses pareilles... se révolta la duchesse.

Son mari lui coupa la parole :

– Soyons raisonnables, voulez-vous, Elisabeth? Toutes les jolies femmes, d'ici jusqu'au pôle Nord, courent après Lynchester depuis sa sortie du collège! Mais il s'agit toujours de femmes mariées, expérimentées. Il n'y a pas le moindre risque qu'il provoque jamais un scandale en disparaissant avec l'une de ses maîtresses!

La duchesse ne céda pas aussi vite :

– Même si vous dites vrai, quand il s'agit de mariage, pourquoi donc choisirait-il Caroline? Une jeune fille dont le cœur n'est pas libre!

– Faut-il que je vous parle comme à une enfant de dix ans? Très bien! Je vais essayer! Pourquoi Lynchester épouserait-il Caroline, plutôt qu'une autre, alors qu'il est le meilleur parti de l'année? Parce qu'il a envie de Magnus Croft! Il doit se marier tôt ou tard, n'est-ce pas? Alors, quoi de plus raisonnable que de choisir Caroline, qui peut lui apporter, en dot, cent hectares de forêts, qu'un soir d'ivresse son père a eu la sottise de jouer aux cartes! Et, ces forêts, vous savez bien que Lynchester en a envie!

– C'est bien possible, Arthur! Mais vous, comprenez-vous que, si vous obligez Caroline à ce mariage, elle en aura le cœur brisé?

Le duc renâcla de fureur. On aurait dit qu'il venait de respirer une odeur particulièrement désagréable. Irrésistiblement la colère montait en lui :

– Elle surmontera cette épreuve, et ne sera pas la première! Les jeunes filles ont toujours en tête quelques petites fantaisies de ce genre. Elles s'imaginent qu'elles sont amoureuses de jeunes gens indignes d'elles. C'est le cas pour Caroline. A mon avis, Edouard Kalkirk est tout à fait indigne de l'épouser.

– Allons donc, Arthur! Jamais vous n'avez dit une chose pareille! Vous le jugiez même très acceptable!

– Ah! vraiment? Qu'importe ce que j'ai pu en penser. La situation a changé. Caroline épousera Lynchester! Et ne vous avisez pas de l'encourager à en faire tout un drame. Mettez-vous bien dans la tête, toutes les deux, que ma décision est prise. Décidez-la à m'obéir!

La duchesse risqua une ultime prière :

– Voyons, Arthur, soyez raisonnable...

Aucune réponse : la porte de la bibliothèque claqua brutalement. Arthur de Northallerton était parti.

Elfa, allongée sur le sol de la galerie, gardait une immobilité d'animal effrayé.

La duchesse, à son tour, quitta la pièce. Quelques instants s'écoulèrent dans un silence total. Elfa prit une profonde inspiration : elle avait l'impression d'avoir retenu son souffle, tout au long de cette conversation.

Son père pouvait-il avoir pris une décision pareille? Pouvait-il obliger Caroline à un mariage aussi révoltant? Pouvait-il opposer un entêtement aussi cruel à tous les arguments de sa femme?

Son livre ne l'intéressait plus. Elle l'abandonna sur le plancher et descendit en courant l'escalier en spirale et traversa la bibliothèque déserte. Personne en vue. Un long couloir la conduisit, non dans le hall majestueux, plein de fleurs et de marbres antiques, mais à un petit escalier d'angle.

L'appartement des deux sœurs se trouvait au second étage. On avait transformé leur ancienne salle d'étude en petit salon, entre leurs chambres.

Elfa, hors d'haleine, atteignit le palier. Là, elle s'arrêta et tenta de se calmer un peu.

Comment annoncer à Caroline la terrible nouvelle? Comment trouver des mots pour adoucir sa peine?

La tête pleine de ses lectures favorites, elle se sentit pareille au messager du Destin, dans les tragédies antiques.

– Non! Je ne veux pas! Je ne veux pas! Je mourrai si on m'oblige à me séparer d'Edouard!

Caroline répétait cette plainte inlassablement. Depuis qu'elle avait appris l'événement qui la menaçait, elle ne cessait de sangloter et de gémir.

Les larmes ruisselaient sur ses joues, mais elle demeurait ravissante. Aucun homme, en la voyant ainsi, n'aurait pu s'empêcher de l'admirer. Aucun, pas même le duc de Lynchester, habitué à la fréquentation de femmes séduisantes et sophistiquées.

– Je sais, Caroline, je sais! Je comprends ce que tu ressens. Mais papa est tout à fait décidé. Je ne vois pas ce que nous pourrions faire pour empêcher le duc de demander ta main.

– Je ne pourrai pas l'épouser! Je ne pourrai pas!

répéta Caroline d'une pauvre petite voix hoquetante et brisée.

– Mais comment convaincre Lynchester? Il se montrera au moins aussi obstiné que papa!

Elfa, pour annoncer la terrible nouvelle, avait pris toutes les précautions possibles.

Cependant, dès les premiers mots, sa sœur pâlit et bientôt s'effondra, secouée de sanglots.

Caroline ne possédait pas beaucoup d'énergie. Elle était douce, tranquille, aimable et gentille avec ceux qui l'approchaient. Sa beauté lui valait de nombreux hommages.

Elle aurait fait une duchesse de Lynchester idéale. Grande, élancée, pleine d'allure, elle avait une magnifique chevelure couleur de blés mûrs, des yeux bleus et un teint pur, délicat, d'une fraîcheur de fleur.

Avec son caractère facile, Caroline n'avait jamais donné le moindre souci à ses parents. Jusqu'à sa rencontre avec Edouard Kalkirk.

L'amour prit possession de Caroline avec force. Au grand désespoir de ses admirateurs, elle ne voyait plus qu'Edouard. Ceux qui tentaient jusqu'alors de lui faire la cour renoncèrent à attirer son attention.

Le duc de Northallerton lui-même le savait bien. Il ne trouvait rien à reprocher à Kalkirk, sinon sa pauvreté.

Edouard était le fils unique du vicomte Kalkirk, noble personnage qui possédait, en Ecosse, un castel fort délabré et un domaine improductif. Il avait servi avec distinction dans un régiment de cavalerie.

Le jeune Kalkirk avait décidé de gagner sa vie. Il espérait réussir en élevant des chevaux de race. Un oncle lui avait légué une maison et quelques hectares aux confins du domaine des Northallerton. C'est ainsi qu'il avait rencontré Caroline.

Dès lors, il s'était fiévreusement mis au travail. Il l'aimait avec ferveur et caressait l'espoir de l'épouser. Mais comment oser demander sa main? Caroline était une riche héritière. Il lui fallait gagner de l'argent, et vite!

Pour ce faire, il ne vit d'autre moyen que de se créer une réputation d'éleveur. Il acheta des juments de race, d'un prix élevé et estima qu'il ne pourrait faire sa demande en mariage avant une année.

Elfa suggéra :

– Vous pourriez peut-être, Edouard et toi, vous enfuir et vous cacher pour forcer la main à papa!

Caroline sanglota de plus belle :

– Mais non! Edouard perdrait tout l'argent dépensé pour ses juments! Et nous n'aurions même pas une maison à nous! Mais je ne veux pas épouser le duc de Lynchester! Je veux épouser Edouard!... Je l'aime! Je l'aime!... C'est lui que je veux épouser, et nul autre! Sinon j'en mourrai!

Elfa se leva et marcha jusqu'à la fenêtre.

Elle aimait beaucoup sa sœur. Son chagrin la bouleversait. Elle aurait voulu l'aider.

Oui, mais comment?

Elfa examina chacun des arguments que Caroline pouvait opposer au projet de son père. En vain! Elle se souvenait trop bien de la conversation surprise dans la bibliothèque pour espérer faire céder le duc.

Sa mère avait tenté un courageux effort pour soutenir la cause des amoureux. Elle avait échoué.

Pour Caroline qu'il préférait à tous ses autres enfants, le duc nourrissait de grandes ambitions.

L'entrée dans le monde de Caroline fut un vrai triomphe. On avait proclamé qu'elle était une véritable beauté. Quel tourbillon de compliments, d'adulations, autour d'elle!

Le duc en avait tiré une fierté paternelle qui ne fit qu'accroître sa préférence pour sa fille aînée. Le soir de son premier bal, devant le succès étourdissant remporté par Caroline, il rayonnait de bonheur et d'orgueil.

Elfa, à cette époque, deux ans plus tôt, était encore

une écolière. On lui avait permis de jeter un coup d'œil sur la salle de bal où régnait sa sœur. Elle avait été heureuse d'une telle réussite. Le cœur un peu serré, elle s'était dit que son père lui offrirait sans doute la même fête, à elle, le moment venu, mais qu'il ne montrerait pas une pareille fierté.

D'une certaine façon elle comprenait le duc. Il chérissait Caroline, et tirait vanité de son éclatante beauté. Quelle parfaite réussite sociale qu'un mariage faisant de sa fille une duchesse! Lynchester lui donnerait une position éminente, l'une des plus importantes d'Angleterre, après la famille royale.

Pour compliquer encore les choses, il existait depuis longtemps une rivalité de rang, d'influence entre ces deux maisons ducales dont les immenses domaines se touchaient.

Le vieux duc de Lynchester avait mené une vie assez dissolue, vouée à des occupations frivoles. Le père d'Elfa, lui, avait accru sa considération dans le comté à mesure que le duc se discréditait.

Le nouvel héritier du titre des Lynchester était tout à fait différent.

Ami personnel du prince de Galles, il appartenait à la société la plus brillante de Londres. On l'admirait, on le critiquait, mais ceux qui étaient choqués par sa manière de vivre l'enviaient peut-être plus encore que les autres.

Personnalité en vue, dominatrice, indiscutée... Elfa tenta de rassembler les quelques souvenirs qu'elle avait de lui.

A la chasse? Il montait mieux que tous les autres cavaliers du comté. Il abordait les obstacles avec autant d'adresse que d'ardeur. Aurait-on ignoré son nom et son titre qu'on n'aurait pu nier sa supériorité.

Là s'arrêtaient ses souvenirs: jamais elle ne s'était entretenue avec lui. Elle le devinait arrogant, d'accès difficile. Tout à fait le genre de mari qui pouvait conduire Caroline au désespoir.

Elfa avait deux ans de moins que sa sœur, mais Caroline était si docile qu'Elfa l'avait toujours entraînée. La responsable de toutes leurs espiègleries enfantines, c'était Elfa. Quand on les punissait, elle se dénonçait, pour protéger Caroline.

Ce n'était que justice : Caroline manquait d'imagination pour inventer des escapades. Elfa donnait toujours le ton. Leur père le savait et le soulignait souvent.

– Mais que vais-je faire? Que vais-je devenir?

Caroline se plaignait sans retenue, inondant son mouchoir de larmes inutiles.

– Je ne veux pas épouser le duc... Je ne veux pas...

Le nez rougi, les yeux ternis par les pleurs, elle trouvait encore moyen de rester ravissante.

Elfa, attendrie, murmura :

– Voyons... Il doit bien y avoir quelque chose à tenter! (Et, tout à coup, elle lança un cri :) J'ai une idée!

Caroline ne prit pas la peine de l'interroger. Elle se contenta de sangloter un peu plus fort, son mouchoir trempé à la main.

Elfa, résolue et sereine, se tourna vers sa sœur :

– Maintenant, tu vas m'écouter! Je viens d'avoir une idée extraordinaire! Comment n'y ai-je pas pensé plus tôt? Je sais à présent ce qu'il faut faire et je suis certaine d'en être capable!

Caroline fit un effort pour émerger de sa prostration :

– Qu'est-ce que tu es capable de faire?

Elfa répliqua avec vivacité :

– De quoi je suis capable? De te sauver, tout simplement!

– Tu peux empêcher ce mariage?

– Oui, oui, parfaitement! Je crois pouvoir t'éviter de devenir duchesse de Lynchester!

– Mais comment? Comment? (Caroline, un instant tirée de son désespoir, reprit ses lamentations :) Non! Impossible, Elfa! Papa ne m'écoutera même pas quand je lui dirai que je ne veux pas de son duc... Et Edouard qui n'a pas d'argent! Oh! Il en aura, bien sûr... Mais tu ne sais pas tout, Elfa!.. Hier, je l'ai rencontré... Il lui faut emprunter de l'argent à la banque, à cause de ces juments...

– La question n'est pas là. Edouard aurait beaucoup d'argent, il emprunterait un million de livres à la banque, ce ne serait pas cela qui t'empêcherait de devenir duchesse, si papa l'a décidé!

– Je sais! Je sais! Je ne veux pas être duchesse! Je ne veux pas... Je veux me marier avec Edouard... Je veux vivre dans sa jolie petite maison... rien qu'avec lui... Je ne veux ni diamants, ni bijoux, ni châteaux... Ça m'est bien égal! Je veux Edouard!

La voix entrecoupée de sanglots, Caroline savait à peine ce qu'elle disait. Son mouchoir, trempé, ne servait plus à rien. Ses larmes coulaient jusque dans son cou.

– Caroline! Ecoute-moi donc, Caroline! (Mais la jeune fille sanglotait toujours. Elfa s'agenouilla devant elle et lui prit les mains :) Comprends-moi donc! Je peux te tirer d'affaire.

Caroline fit un effort :

– Tu veux dire que tu connais un moyen pour que je n'épouse pas cet homme?

– Oui, je crois avoir trouvé quelque chose... une solution.

– Oh! Oh! Elfa...

– Ne pleure plus, Caroline.

– Je ne peux pas m'en empêcher!

– Il le faut! Pour t'aider, j'ai besoin de toi.

– Mais que dois-je faire?

– Je vais te l'expliquer. Tu entends bien, ma chérie?

Il faut que tu suives mes indications à la lettre. Sans quoi, tu ne pourras pas épouser Edouard. Tu promets de m'obéir?

– Je promettrais n'importe quoi... pour pouvoir me marier avec Edouard!

– Bravo! Alors, écoute-moi bien...

Le duc de Lynchester attendait l'arrivée de la voiture du duc de Northallerton. L'équipage s'arrêterait, en grande pompe, devant la porte principale. Lynchester allait et venait du hall à son cabinet de travail.

C'était une pièce confortable, agréable, et qui méritait son nom, bien que peu fournie en livres. En revanche, on pouvait y admirer une magnifique collection de peintures que le duc avait choisies parmi tous ses tableaux et qui représentaient exclusivement des chevaux.

Les toiles d'artistes tels que Stubbs, Sertorius ou Herring appartenaient aux collections de ses ancêtres. Le duc les avait disposées suivant ses goûts personnels et ambitionnait de transformer ainsi toute sa demeure.

Il aimait à se promener à travers les appartements déjà rénovés. Il ne supportait aucune médiocrité : tout devait plaire à ses yeux et à son esprit raffiné.

Son père, uniquement intéressé par le jeu et par les femmes, avait laissé Chester House à l'abandon et son grand-père n'avait guère agi autrement.

La demeure, magnifique, témoignait du goût raffiné du XVIIIe siècle, époque à laquelle on l'avait restaurée et agrandie. Les connaisseurs, les amateurs de ce style, s'extasiaient toujours en visitant Chester House.

Le marquis de Chester, en recevant le titre de duc de Lynchester, avait aussitôt entrepris de transformer sa demeure. Son fils, le second duc, s'occupait surtout de femmes et de chevaux de course. Le troisième se passionnait pour le jeu. Il avait perdu beaucoup d'argent, et vendu une partie des tableaux qui ornaient la galerie de Chester House.

Chaque fois que l'on vendait une toile de maître, on la remplaçait, au hasard, par un tableau de même dimension. Cependant, pour le nouveau duc, le résultat laissait beaucoup à désirer.

Il avait entrepris de décorer les lieux à sa guise. Le résultat ne manquait pas d'harmonie. On ne trouvait plus de ces fautes de goût grossières qui avaient mis à rude épreuve le sens artistique du jeune homme.

Pourtant, une touche féminine, légère, chaude, fantaisiste, et qu'il ne pouvait pas improviser, manquait à sa demeure.

Une seule solution pour apporter à son foyer cet ultime perfectionnement : le mariage. Il fallait une maîtresse de maison à Chester House.

Longtemps, il s'était refusé à y songer. La vie de plaisirs qu'il menait à Londres était trop peuplée de femmes pour qu'il puisse envisager la perspective de rompre son célibat. C'eût été gâcher cette existence facile.

Mais le temps passait, ses parents étaient morts et il lui fallait prendre une décision. Le temps était venu d'avoir une épouse, des enfants. Un héritier, surtout, pour assurer sa succession.

Pendant son dernier séjour auprès de sa grand-mère, celle-ci lui avait déclaré :

– Si vous tardez encore à vous marier, vous serez trop vieux pour apprendre à votre fils à chasser, à monter...

Comme il ne répondait pas, elle avait ajouté :

– Cela m'ennuie, je vous l'avoue, de savoir les diamants des Lynchester enfermés dans un coffre ! Et les perles ! Elles vont devenir verdâtres, je vous préviens, si une jolie femme ne les porte pas contre la tiédeur de sa peau !

Pour se tirer d'embarras, le duc avait ri de cette

boutade de la vieille dame, mais il savait qu'à sa façon elle avait raison.

Il avait réfléchi au problème. Celui-ci n'était pas aussi facile à résoudre que le croyait sa grand-mère. Dans le monde où il vivait, et même régnait, il ne rencontrait jamais la moindre jeune fille à marier.

Il en voyait, certes, et en grand nombre, dans les réceptions de la cour, où elles venaient avec leurs chaperons. Il les jugeait gauches, timides, ennuyeuses. Quand il ne pouvait les éviter, il les traitait avec une politesse condescendante.

Pas question de les inviter à ses propres fêtes ou à celles qu'il honorait de sa présence! On choisissait toujours des gens intelligents, des femmes capables de soutenir une conversation brillante. Le duc ajoutait à cela d'autres exigences : que ces femmes soient belles et séduisantes.

Ces qualités, il les retrouvait chez les femmes sophistiquées qui encombraient sa vie sentimentale. Elles savaient le regarder à travers leurs longs cils soyeux, elles savaient sourire de façon provocante, et lui faire comprendre qu'elles le trouvaient à leur goût.

C'était un jeu, et il en connaissait les règles. Ainsi qu'à la chasse, on éprouvait les joies de la poursuite, la satisfaction de la curée. Seule différence : avec les femmes, le plaisir était plus vif et personne, jamais, n'était blessé.

Sur ce dernier point, il pouvait se tromper. L'une ou l'autre de ces femmes, peut-être, avait souffert. Mais il l'ignorait. Et d'ailleurs, elles connaissaient l'art de donner leur cœur sans perdre la tête.

Pourtant, il arrivait un moment où elles s'éprenaient de lui plus qu'il ne le souhaitait. Elles devenaient passionnées, exigeantes. Aussitôt, il prenait de la distance. Il jugeait sa maîtresse fatigante, ennuyeuse et se détournait d'elle. C'était l'instant où il regardait autour de lui, en quête d'un nouveau visage, d'une émotion neuve.

Il lui arrivait de s'interroger. Pourquoi ne pouvait-il pas se fixer? Dès qu'il commençait à deviner les réactions de sa partenaire, il cessait de la désirer.

« Elle va dire ceci... Elle va réagir comme cela... Comme telle autre... Ou comme une autre encore... C'est toujours la même chose! »

Il s'ennuyait. Il ne souhaitait plus rien, alors, que de prendre la fuite. Fermer la porte, oublier cet épisode, recommencer sa quête amoureuse... Malheureusement, ce n'était pas toujours aussi facile. La maîtresse abandonnée se plaignait, elle essayait de se raccrocher, multipliait les scènes...

Cette conclusion lui paraissait si fastidieuse, si insupportable qu'il se demandait parfois si l'aventure en valait la peine.

« Ces ruptures sont si ennuyeuses, pensait-il. Elles font payer trop cher les plaisirs des commencements! »

Il aimait beaucoup les femmes, à peu près comme il aimait les chevaux. Comment se passer des unes et des autres?

Mais l'envie lui venait d'avoir des enfants. Il lui arrivait de penser à son futur fils. C'était quelque chose de nouveau. Il devait en tenir compte et le domaine avait besoin d'un héritier.

Ce serait agréable de lui montrer les améliorations qu'il avait apportées à Chester House, et de lui apprendre à les apprécier. Que de plaisirs à partager avec un fils! Il lui enseignerait la chasse, l'art de diriger la meute dont il était le maître. Il veillerait à ce qu'il devienne un excellent tireur, comme lui.

Et la pêche! D'abord la truite, dans le lac. Puis il l'emmènerait en Ecosse. Jamais il n'avait oublié le bonheur sauvage de lutter avec son premier saumon, à douze ans.

Le duc de Northallerton, en lui proposant d'épouser

sa fille, l'avait pris au dépourvu. Pourtant, à la réflexion, c'était là une excellente solution au problème posé par son mariage.

Lady Caroline avait la réputation d'être une véritable beauté. Peut-être même l'avait-il remarquée, aux réunions de chasse.

Grande, blonde, les yeux bleus, elle saurait porter les saphirs qui avaient été la parure favorite de sa mère. Les diamants de prix étincelleraient sur ses belles épaules.

Le physique, la naissance de Caroline comptaient, mais le plus important restait Magnus Croft. On pouvait trouver d'autres jeunes filles aussi belles, aussi bien nées. Mais aucune ne lui restituerait cette terre, partie intégrante du domaine des Lynchester.

Jamais le jeune duc n'avait pu admettre la sottise de son père, qui, un soir d'ivresse, avait perdu ces bois au jeu.

La carte de la propriété s'étendait sur le mur de son cabinet de travail. Magnus Croft y figurait en bonne place, mais coloré en gris, et non en vert. On ne pouvait l'ôter du plan; cette enclave était fondue dans l'ensemble des terres. Ce gris sautait aux yeux du jeune duc, chaque fois qu'il regardait la carte. La même colère grondait en lui. Magnus Croft appartenait aux Lynchester!

« Si j'épouse Caroline, tout rentrera dans l'ordre! »

Tout à coup, il se demanda ce qu'Isobel penserait, quand la nouvelle de son mariage lui parviendrait.

Il ne se lassait pas de cette comtesse de Walshingham, sa maîtresse du moment, plus spirituelle que les autres femmes qu'il avait plus ou moins aimées. Elle savait l'amuser, ce qui n'était pas facile. Elle le faisait rire, quoique exerçant toujours son esprit aux dépens des autres.

Mais elle était si jolie lorsqu'elle plaisantait! Ses

yeux bleus, brillants de malice, la rendaient irrésistible.

Elle possédait aussi d'autres séductions. Il la trouvait plus ardente, mieux accordée à lui dans l'amour. Pourquoi rompre avec elle? Il n'en avait aucune envie.

Inutile d'y songer! Son mariage changerait peu de chose à sa manière de vivre. Un point à considérer : il lui faudrait montrer beaucoup plus de discrétion.

Sa femme recevrait de lui toutes les marques de respect possibles. Il lui cacherait ses infidélités, et lui éviterait toute situation embarrassante.

Là, il s'interrogea : et lui, qu'attendait-il de sa future épouse?

Eh bien, qu'elle tienne sa place à ses côtés dans les réceptions officielles, au palais de Buckingham ou au château de Windsor! Il faudrait aussi lui apprendre à recevoir convenablement ses propres invités, à Chester House.

« Elle n'aura pas à regretter de m'avoir épousé! » décida-t-il.

Tout était clair : sa vie ne changerait pas. Il montrerait davantage de discrétion lors de ses rencontres avec Isobel, ou avec n'importe quelle autre femme, voilà tout.

Les bavardages, les commérages faisaient rage dans la société qu'il fréquentait. L'attention générale, toujours braquée sur ses faits et gestes, redoublerait, après son mariage. Mais, toujours sûr de lui, le duc se persuada qu'il parviendrait à échapper au scandale.

Ayant ainsi réglé l'avenir, il s'installa à son bureau, pour examiner les lettres et les invitations que son secrétaire avait dépouillées et classées à son intention.

La porte s'ouvrit. Le duc leva les yeux et sourit :

– Bonjour, Harry! Je suis content de te voir. Tu as bien fait d'arriver avant les autres invités.

Il se leva pour aller serrer la main de Harry Seldon, l'un de ses plus vieux amis. Harry répondit :

– J'ai essayé de battre ton record de vitesse en venant ici. Je dois reconnaître que tes chevaux sont meilleurs que les miens.

– Quel temps as-tu mis?

– Deux heures et vingt-trois minutes.

– Dix minutes de trop!

– Je le sais! Tu ne fais que remuer le couteau dans la plaie. Un peu de générosité, s'il te plaît!

Harry se jeta dans un fauteuil :

– Je prendrais volontiers une coupe de champagne, à condition qu'il soit bien frais!

– Voilà une insulte à mon sens du confort! Tu vas pouvoir juger de la parfaite tenue de ma maison.

Le duc s'avança jusqu'à une table d'angle, où attendait une bouteille de champagne dans un seau à glace doré.

– Tu as manqué quelque chose, hier soir, Silvanus! Après le dîner, nous sommes allés dans un établissement qui vient de s'ouvrir, à Haymarket. Il y a là tout un lot de ravissantes petites Françaises. De vrais bijoux! Jamais tu n'en as vu d'aussi jolies! Pour ma part, j'ai passé là un excellent moment.

Le duc traversa la pièce, une coupe de champagne à la main :

– Eh bien, tu m'y emmèneras la semaine prochaine! Au fait, Harry, je vais me marier!

Harry Seldon hésita un instant, prit la coupe et répéta :

– Tu vas te marier?

Le duc approuva d'un signe de tête.

– Oh! Seigneur! Alors, cette fois, tu es décidé à sauter le pas? Mais qui peut bien être l'heureuse élue? L'ai-je déjà rencontrée?

– Je n'en sais rien! Moi, en tout cas, je ne l'ai jamais vue!

– Quoi? Tu plaisantes?
– Pas du tout!
– Mais qu'est-ce que tu veux dire? De qui s'agit-il?
– De la fille du duc de Northallerton. Il me l'a offerte, en même temps que les cent hectares de Magnus Croft.
– Non, Silvanus, je ne peux pas te croire!
– Tu as tort! Je t'affirme que c'est l'entière vérité!
Harry Seldon se mit à rire :
– Alors, tu as fini par gagner! Depuis le temps que tu guettes cette terre que ton père a perdue aux cartes! Je suppose que tu es content?
– J'ai gagné, c'est vrai. On me rend les titres de propriété de Magnus Croft, enveloppés d'un assez joli ruban, je crois. On m'a dit que Caroline était une vraie beauté.
– Caroline? Mais, enfin, est-ce possible que tu ne l'aies jamais rencontrée!
– C'est ainsi, pourtant. Tu te souviens sans doute que les Northallerton et les Lynchester ne se fréquentent plus, depuis la fameuse partie de cartes. Le duc de Northallerton a refusé de rendre la terre. Mais mon père estimait qu'il était sous l'influence de l'alcool, quand il avait proposé de la jouer aux cartes.
– On ne peut pas blâmer Northallerton! Un pari est un pari, on doit l'honorer.
– C'est exact. Mais selon mon père, le duc ne s'était pas montré raisonnable. Il n'existait plus entre nos deux maisons que des relations strictement officielles.
– Et, au cours d'une rencontre officielle, Northallerton t'a proposé la main de sa fille?
– Exactement! Nous avons un ennemi commun, un nouveau venu qui prétend introduire une meute supplémentaire dans le comté. Il en existe déjà deux : celle que je possède et une autre, qui intéresse le duc. Ainsi, nous nous sommes rencontrés, pour renvoyer ces

chiens indésirables aux chenils dont ils n'auraient jamais dû sortir!

– Et à la suite de cette conversation, tu as décidé d'épouser la fille du duc?

– C'est lui qui l'a suggéré. A la réflexion, j'ai trouvé l'arrangement convenable et raisonnable. Et j'ai accepté.

Harry éclata de rire. Quand il eut repris son souffle, il s'exclama :

– Raisonnable! Tu m'amuses, mon cher Silvanus! Tu trouves raisonnable d'épouser une fille que tu n'as jamais vue, uniquement parce qu'elle t'apporte en dot une terre que tu as toujours convoitée, comme on le dit, dans la Bible, de la vigne de Naboth!

– Oui, je trouve cela raisonnable et justifié! La « vigne de Naboth » en question a toujours appartenu au domaine des Lynchester.

– Mais enfin, Silvanus, au diable ces vieilles histoires! Qui a jamais choisi sa femme de cette manière?

– Pourquoi pas? Elle est bien née, personne ne peut dire le contraire. On m'affirme qu'elle est très belle et, sérieusement, Harry, je songe à me marier, depuis quelque temps.

– Tu aurais même dû y penser depuis au moins cinq ans! Il est temps que tu t'établisses et, surtout, que tu donnes un héritier aux Lynchester!

– Ma parole! Je crois entendre ma vieille grand-mère!

– Ta grand-mère est une femme intelligente. Cependant, moi, en ma qualité d'ami de très longue date, je me sens obligé de te donner un conseil : tu fais une erreur en te mariant de cette façon-là.

Le duc sourit d'un air moqueur :

– Tu sembles posséder une grande expérience, en cette matière, mon cher Harry!

– Non, bien sûr, je n'en ai aucune. Pourtant, je vais te dire une chose. Jamais je ne songerais à me lier avec une femme avant de savoir si je peux supporter sa conversation au petit déjeuner!

– Aucune loi ne vous oblige à prendre le petit déjeuner avec votre épouse!

– Il n'existe non plus aucune loi qui vous oblige à l'écouter, mais c'est pourtant inévitable, dans le mariage.

Le duc s'appuya de l'épaule à la cheminée. Harry, qui le connaissait bien, lut sur son visage une expression d'obstination qui lui était familière.

– Ecoute, Harry, il t'est facile de discuter et d'essayer de me prendre en faute! Et pourtant, à l'instar de ma grand-mère et d'une bonne douzaine de mes parents, tu ne cesses de répéter que je dois me marier!

– Tu le souhaites toi-même!

– Certes! Mais je ne suis pas un blanc-bec susceptible de tomber amoureux du premier joli visage venu. D'autre part, je ne m'attends pas à ce qu'une fille qui sort de l'école soit très amusante. Ce sera forcément quelqu'un d'ignorant et d'un peu ennuyeux.

Harry voulut répliquer mais le duc, de la main, lui fit signe de ne pas l'interrompre.

– Laisse-moi achever. J'ai beaucoup réfléchi à tout cela. Je n'ai pas l'intention d'épouser une femme d'expérience. Il me faut donc une fille très jeune. J'espère qu'elle sera assez intelligente pour me plaire, à la longue, ainsi qu'à mes amis. Si elle est bien élevée, elle apprendra rapidement à présider à ma table et deviendra, après quelques erreurs, une bonne maîtresse de maison.

Il se mit à arpenter la pièce, tout en continuant :

– Autrefois, tu le sais, dans une maison comme celle-ci, ne vivaient pas seulement le duc et la duchesse ou, avant que mon arrière-grand-père ne reçoive le titre, le marquis et la marquise de Chester!

Il jeta un regard par la fenêtre, fit demi-tour et sourit à Harry :

– On y trouvait aussi leurs enfants. Et bien d'autres parents, la grand-mère, les grands-tantes, les cousins, les vieux amis, un aumônier, des nurses, des gouvernantes, des précepteurs! En un mot, cette immense demeure était toujours pleine de monde, sans parler des invités qui y séjournaient parfois des années entières, et qu'on entretenait sur le pied d'une hospitalité fastueuse!

Harry s'esclaffa :

– Je vois! Tu rêves de mener ce genre de vie? Celle d'un patriarche, ou d'un roi au milieu de sa cour? J'espère que je serai invité à cette cour-là!

– N'en doute pas! Non, mais sérieusement, Harry, tu vois ce que je veux dire?

– Oh! je vois très bien! J'espère que ta future duchesse sera exactement ce que tu souhaites : une marionnette dont tu tireras les ficelles quand tu auras besoin d'elle, et que tu rangeras dans un placard, pour aller t'amuser chaque fois que l'envie t'en prendra!

– Inutile de me faire un sermon. Tu sais aussi bien que moi que mes ancêtres ont toujours vécu ainsi, depuis le règne de la reine Elisabeth, quand le premier des Chester a fait construire cette maison et y a invité la reine!

– Et elle est venue?

– Oui. Il a dépensé des sommes folles pour la recevoir dignement.

– Très bien! Mais toi, tu ne pourrais pas inviter la reine Victoria, on n'invite pas la veuve de Windsor! Par contre, le prince de Galles honorera certainement tes réceptions de sa présence. Bien des gens, d'ailleurs, ne manqueront pas d'y venir. Par exemple, Isobel...

Harry prononça ce nom d'un air entendu. Le duc regarda son ami droit dans les yeux :

– Oui, bien sûr, Isobel!

– Alors, j'espère de tout mon cœur que la future

duchesse a de l'esprit! Sinon, elle sera déchirée à belles dents par Isobel, torturée par ses insinuations et, si tu n'y mets pas bon ordre, ta jeune épouse s'effondrera en larmes cinq minutes après l'arrivée d'Isobel dans cette maison!

– Je peux empêcher Isobel d'agir de la façon que tu viens de décrire avec tant de complaisance!

– Je n'en crois rien! Isobel agira comme une lionne défendant sa proie. Ta femme n'aura pas une chance, si ces dames en viennent à la lutte déclarée!

– Elles n'en arriveront pas là. Je veillerai à ce que tout le monde traite mon épouse avec tout le respect qui lui est dû.

– Ma foi! J'ai toujours pensé que les mots « respect », « devoir », « obligation », ou « responsabilité », exprimaient un ennui insupportable! Si ta femme a le moindre esprit, elle exigera de toi beaucoup plus que du respect!

– Oh! tais-toi, à la fin, Harry! Tu veux me faire regretter d'avoir accepté l'offre du duc de Northallerton. Désolé, mon cher, mais, dès demain, je me rends à Allerton Towers pour demander officiellement la main de la jeune fille!

Harry ne répondit rien mais son silence était suffisamment éloquent. Au bout d'un moment, le duc s'écria :

– Mais que diable! Ai-je le choix? Tu souhaites me voir marié. J'ai hésité à m'y résoudre pendant des années. Maintenant que je suis décidé à sauter le pas, comme tu dis, tu veux m'en empêcher! Si je n'épouse pas Caroline, qu'est-ce que cela changera? Je tomberai de toute façon sur une écolière dépourvue de tout piquant!

Le silence retomba. Harry, le premier, reprit la parole :

– Naturellement, aucune autre écolière ne peut, comme Caroline, t'apporter en dot Magnus Croft!

– Aucune autre, tu l'as dit! Et, quoi qu'il arrive, les

futures générations de Chester ne manqueront pas de me remercier et de bénir ma mémoire, pour le sacrifice que je fais en vue de récupérer mon héritage!

– Le sacrifice! Voilà le mot juste! Mais on pourrait dire aussi que tu as vendu ta liberté comme Esaü, dans la Bible, vend son droit d'aînesse, pour un plat de lentilles!

Le duc, laconique, précisa :

– Pour cent hectares!

Harry prit un ton prophétique :

– J'ai comme un pressentiment que tu paieras très cher chacun de ces hectares!

Son ami éclata de rire :

– J'en ai assez de tes prédictions et de tes conseils! Continue comme ça, et je te renvoie à Londres! Tiens, ce qu'il te faut, c'est une autre coupe de champagne!

– Volontiers!

Le duc se leva pour le servir. En revenant vers lui, il reprit, l'œil moqueur :

– Au fait, mon cher, j'oubliais! J'ai une surprise pour toi. Je ne prêche pas comme un pasteur, moi, mais je pense à mes amis!

Harry prit la coupe qu'on lui tendait et répéta, méfiant :

– Une surprise?

– J'ai réussi un joli tour de force! Devine?

– Allons, Silvanus! Je brûle de curiosité!

– J'ai convaincu... devine qui? Cette ravissante Marguerite que tu aimes tant ou, du moins, qui te plaît si fort, de se joindre à mes invités! Elle arrive ce soir, pour toi, rien que pour toi!

Harry faillit en renverser sa coupe de champagne.

– Elle a accepté ton invitation?

– Mais comment donc! Avec joie et empressement! Tu es un homme heureux! Et mieux encore, tiens-toi bien, elle vient seule. Le pauvre James, son mari, est, hélas, retenu par ses obligations au palais de Buckingham...

– Silvanus, tu es un véritable ami! Je suis fou de joie! Si je peux te rendre la pareille, compte sur moi!

– Je saurai te rappeler ta promesse en temps voulu. Si je me transforme vraiment en homme marié, Dieu sait que j'aurai besoin de ton aide!

2

– Comme tout le monde est silencieux, ce matin! remarqua le duc de Northallerton.

La famille était réunie autour de la table du déjeuner. Le duc ne s'adressait à personne en particulier, mais il regardait Caroline.

Elfa ne quittait pas non plus sa sœur du regard, mais c'était avec appréhension. Elle se rendait compte combien Caroline contrôlait difficilement ses impulsions.

Au début de la matinée, on avait averti Caroline que son père voulait lui parler. Elle était descendue le rejoindre. Dès ses premières paroles, le duc était entré dans le vif du sujet :

– J'ai de bonnes nouvelles pour vous, Caroline. J'estime que vous avez beaucoup de chance!

– Pourquoi, papa?

– Le duc de Lynchester désire vous épouser. Il va venir, cet après-midi, vous demander officiellement de devenir sa femme.

Northallerton, s'il éprouvait quelque doute, s'il redoutait la réaction de sa fille, s'efforçait de n'en rien montrer. Sa voix était plus grave, son ton plus bref, plus autoritaire encore qu'à l'ordinaire.

Caroline n'ignorait rien de ce que son père allait lui annoncer, et pourtant elle faillit fondre en larmes.

Juste à temps, elle se souvint qu'Elfa lui avait donné

des instructions précises. Caroline s'y conforma de son mieux :

– C'est une grande surprise, papa... C'est aussi un grand honneur, bien sûr!

Très satisfait, son père s'exclama :

– Je savais bien que vous le prendriez ainsi! C'est, en effet, un grand honneur. Pour ma part, ma chérie, je ne peux rien imaginer de plus agréable que de vous voir duchesse, et de savoir que vous vivrez si près de nous!

Caroline s'éclipsa dès qu'elle le put et s'élança dans l'escalier, pour se jeter dans les bras d'Elfa.

– As-tu répondu comme je te l'avais dit?

Caroline, toute tremblante, n'arrivait pas à retrouver son souffle.

– Oui... gémit-elle.

– Très bien! approuva Elfa, simulant l'enthousiasme pour obliger sa sœur à se reprendre. Tu as bien joué ton rôle, j'en suis sûre! Tu te souviens : il ne doit à aucun moment soupçonner que tu n'es pas d'accord avec lui!

– Mais, Elfa, suppose... imagine...

Caroline avait une pauvre petite voix épouvantée. Elfa l'interrompit d'un ton décidé :

– Laisse-moi faire, va! Toi, reste calme, impassible, pendant le déjeuner. Parle aussi peu que possible!

– Je vais pleurer... Je suis sûre que je vais pleurer.

– Si tu veux tout gâcher, c'est ce qu'il faut faire! Caroline, comprends-moi bien : si nous ne suivons pas mon plan, nous n'avons aucune chance de te tirer d'affaire! Si tu te mets à pleurer, à gémir, tu ne pourras plus compter sur moi ni sur personne et il te faudra épouser le duc!

L'avertissement avait porté. Caroline luttait de son mieux pour obéir à sa sœur. Au moins, elle ne sanglotait pas!

Elfa sentit le danger quand leur père adressa à la

ronde une remarque destinée surtout à sa fille aînée. Aussi lança-t-elle vivement :

– Je crois que c'est la faute du temps, si Caroline a la migraine!

Le duc reporta aussitôt son attention sur sa cadette.

– Que dites-vous? Caroline a la migraine?

– Ce matin en se réveillant elle m'a confié qu'elle souffrait de la tête. Alors, je me suis dit qu'en effet le temps était peut-être un peu lourd!

– Sottises! s'exclama le duc.

Contrarié, il s'en prit à sa femme :

– Si Caroline a la migraine, veillez à ce qu'on la soigne! Et qu'elle mette sa plus jolie robe pour se présenter au salon, à 3 heures.

La duchesse répéta distraitement :

– 3 heures?

Elle songeait que cette visite allait abréger les moments qu'elle pouvait consacrer à son jardin.

– Oui! Lynchester n'arrivera peut-être qu'une heure plus tard. Cependant, Elisabeth, si vous restez penchée sur tout un tas de plantes plus ou moins rares, vous ne serez jamais prête à temps!

– C'est vrai, Arthur! fit-elle, résignée.

– Alors, je le répète, je veux que Caroline et vous me rejoigniez au salon à 3 heures, très exactement.

– Très bien, Arthur...

Rassuré, le duc se lança dans un long monologue. Il fulmina contre les nouveaux venus qui apportaient dans le comté des innovations désastreuses.

Sa femme, pas plus que Caroline, ne l'écoutait. Elfa, elle, veillait. Elle savait que son père était encore furieux contre ce malheureux gentleman qui prétendait posséder sa propre meute de chasse.

La nécessité s'imposait d'opérer une diversion : Caroline montrait un visage trop contracté, trop pâle. La migraine n'expliquait pas tout. Elfa posa quelques questions adroites qui provoquèrent la colère de son père. Il y répondit avec fougue, et développa son point de vue sur ses droits de chasse. Ainsi atteignit-on sans encombre la fin du repas.

La duchesse se précipita dans le jardin. Il lui restait un peu de temps avant de changer de robe. Caroline et Elfa montèrent dans leurs chambres.

Caroline se lamentait :

– Je crois vraiment que je vais l'avoir, la migraine!

– Bien sûr que tu as la migraine! Il faut que tu te le répètes, et que tu le fasses croire à maman quand elle s'inquiétera de ne pas te voir descendre!

– Elfa... chuchota Caroline, terrifiée. Imagine un peu qu'elle m'oblige... qu'elle me fasse descendre l'escalier!

– Impossible, voyons! Pas si elle te trouve, comme convenu, en chemise et en jupon! Tu as bien compris? Tu poses ta robe sur cette chaise, là, comme si, au moment de la passer, tu avais eu un malaise qui t'ait obligée à te jeter sur ton lit!

– Oh! Elfa! J'ai tellement peur! Suppose un instant qu'elle ne me croie pas?

– Pense à Edouard, et tu seras capable de jouer la comédie avec conviction! Il faut à tout prix que le duc ne te rencontre pas. Il ne t'a jamais vue. S'il découvre combien tu es belle et séduisante, tout mon plan tombe à l'eau!

Laissant sa sœur tremblante et recroquevillée dans un fauteuil, Elfa courut dans sa propre chambre pour y passer sa tenue de cheval. A 2 h 30, elle gagnait les écuries.

Le palefrenier en chef la reçut avec surprise :

– On ne vous attendait pas cet après-midi, milady, lança-t-il avec la familiarité d'un vieux serviteur. Je pensais que vous seriez occupée à la maison, à recevoir Sa Grâce.

Garston était au courant de la visite du duc de Lynchester et sans doute aussi de la raison de sa venue.

Rien d'étonnant à cela : le duc avait l'habitude de parler pendant les repas, comme si son personnel était sourd, ou dépourvu de toute curiosité. Il n'en était rien, bien sûr. A cette heure, toute la maisonnée devait commenter la réconciliation des deux grands seigneurs, et sa conséquence : le mariage de Caroline.

– Personne n'a besoin de moi, Garston! Mais, comme vous le savez, Swallow, lui, a besoin d'exercice!

Swallow était sa monture personnelle. Garston, tout souriant, reconnut volontiers :

– C'est vrai, milady! Mais il faudrait également faire sortir Duster!

– Parfaitement! Ben m'accompagnera en montant Duster, puisqu'il a besoin d'une promenade!

– Ben? s'étonna Garston. Votre Seigneurie a l'habitude de se faire accompagner par Jim!

– Aujourd'hui, je prendrai Ben.

Ce n'était pas là un caprice d'Elfa. Ben était le moins intelligent de tous les garçons d'écurie. Il obéirait à ses ordres sans s'étonner et sans se poser la moindre question.

Cinq minutes plus tard, Elfa, montée sur Swallow, traversait le parc.

Le cheval, bien reposé, était nerveux. On avait eu du mal à le seller, mais il obéit, pourtant, à sa cavalière. Pendant un moment, Elfa ne pensa plus qu'au bonheur de galoper. Swallow était un splendide animal, et la créature qu'elle aimait le plus au monde.

Elle quitta le parc et partit à travers champs, droit vers le nord-est.

Si, comme à l'ordinaire, Jim l'avait escortée, il n'aurait pas manqué de la questionner. Jim était un esprit curieux, désireux de savoir où on l'emmenait, et pourquoi.

Rien de tel avec Ben : il suivait en silence, occupé à maintenir sa monture sur les traces de Swallow.

Ils prirent un étroit sentier qui traversait en diagonale le domaine des Northallerton et rejoignait celui des Lynchester. Enfin, Elfa arrêta Swallow sur une hauteur d'où l'on pouvait surveiller tous les environs. Un phaéton tiré par deux chevaux fougueux – certainement le genre d'équipage que choisirait le duc de Lynchester pour faire sa visite – y serait visible de loin.

Ben avait arrêté Duster près de Swallow. Il se tenait solidement en selle et, comme toujours, il ne disait rien.

Personne à l'horizon. Elfa se tourna vers lui :

– Ecoutez-moi bien, Ben. Nous sommes ici parce que, comme vous le savez sans doute, le duc de Lynchester doit venir à la maison cet après-midi.

– Oui, milady, j'ai entendu dire ça!

– Lady Caroline et ma mère désirent être prêtes à recevoir Sa Grâce dès son arrivée. Mais vous comprenez, Mme la duchesse ne veut quitter son jardin qu'à la dernière minute.

– Oui, milady, je comprends.

– Très bien, Ben! Voici ce que j'attends de vous : lorsque nous verrons arriver la voiture de Sa Grâce, vous retournerez à la maison. Emily se trouvera à la porte de service. Vous lui direz que Sa Grâce arrive.

– Emily, milady?

– Oui, Emily.

Elfa avait choisi Emily pour l'aider à accomplir son plan. C'était la plus jeune des femmes de chambre qui servaient les deux sœurs. Emily devait se trouver devant l'entrée du personnel, cinq minutes avant 3 heures.

Elfa avait dit à Caroline :

– Dès qu'Emily t'aura transmis mon message, ôte ta robe et jette-toi sur ton lit. Ferme les yeux et mets sur ton front un mouchoir imbibé d'eau de Cologne. Maman montera voir ce que tu deviens. Réponds à voix basse, en traînant sur les mots, comme si tu n'avais même pas la force d'articuler.

– Jamais... Jamais je n'arriverai à la convaincre!

Elfa prit soin de répéter plusieurs fois ses instructions à Ben :

– Lorsque vous aurez parlé à Emily, reprenez le chemin que nous venons de suivre. Si vous ne me voyez pas à l'entrée du parc, attendez-moi.

Ben paraissait troublé. Elfa s'en aperçut :

– Vous m'attendrez, Ben, car nous devons regagner les écuries ensemble. Vous savez que M. le duc n'aime pas que je sorte seule.

Cette dernière remarque empêcherait sans doute Ben de s'attarder avec les servantes, ou d'aller raconter aux écuries ce qui venait de se passer. Elle l'avait choisi pour cette seule raison : Jim était curieux et bavard, et Ben ne l'était pas.

« Maintenant, assez parlé! » conclut Elfa.

Ben avait reçu ses ordres. Mieux valait qu'il se concentre sur ce qu'il avait à faire. Elfa se mit à observer ce qui se passait aux limites du domaine voisin.

Swallow commençait à s'énerver et à danser sur place. Enfin, elle aperçut, au loin, ce qu'elle espérait...

Impossible de s'y tromper : un phaéton, tiré par deux chevaux fringants, conduit par un gentleman en chapeau haut de forme, arrivait droit sur eux. Elfa se tourna vers Ben :

– Partez vite, Ben! Voilà Sa Grâce, dans le phaéton. Galopez jusqu'à la maison et ne perdez pas de temps!

Ben, docile, fit tourner bride à Duster. Elfa éperonna Swallow dans la direction opposée.

Le sentier traversait un bois. Elfa le suivit jusqu'à la route où elle arrêta son cheval et elle attendit.

Ces instants, qui précédaient ceux où tout allait se jouer, furent plus difficiles à vivre qu'elle ne l'avait imaginé. Son cœur battait lourdement, ses mains tremblaient, et l'angoisse lui desséchait les lèvres.

Après tout, elle pouvait se tromper. Elle avait soigneusement établi son plan, mais le duc, lui, pouvait refuser de l'écouter. S'il passait outre et se rendait à Allerton Towers comme prévu, la mécanique soigneusement préparée par son père se mettrait en marche et briserait les deux vies d'Edouard et de Caroline. Les deux jeunes gens choisiraient sans doute de s'enfuir, mais les conséquences d'une telle décision seraient désastreuses.

La nervosité d'Elfa croissait, elle en perdait jusqu'au sentiment du temps qui s'écoulait. N'attendait-elle pas là depuis des heures? Le duc avait peut-être changé d'avis et fait demi-tour!

Le phaéton apparut enfin, tiré par des chevaux superbes. Elfa ne put s'empêcher de les admirer : son père lui-même ne possédait pas de pareils coursiers dans ses écuries. La voiture, d'un modèle élégant et léger, n'avait pas sa pareille dans tout le comté.

Le duc aperçut cette silhouette féminine, au milieu de son chemin, mais il ne retint pas ses chevaux, persuadé qu'elle allait s'effacer pour lui laisser le passage.

Mais la jeune fille ne broncha pas. Juste à temps, il tira sur les rênes et l'attelage s'arrêta net.

Ils restèrent ainsi quelques instants immobiles de part et d'autre, puis Elfa se décida à avancer.

– Bonjour, Votre Grâce!

Le duc souleva son chapeau :

– Bonjour! Je ne crois pas que nous nous soyons déjà rencontrés?

– Non, en effet, mais je désire entretenir Votre Grâce d'un sujet très important.

Le duc manifesta une surprise bien naturelle. Il hésita avant de répondre :

– Il se trouve que je suis assez pressé. Ne pourrions-nous convenir d'un rendez-vous à un moment plus opportun?

– Ce moment est le seul qui convienne, Votre

Grâce, et ce que j'ai à vous dire est non seulement important, mais aussi extrêmement urgent.

– Dans ce cas, je suis prêt à vous écouter.

– Je vous en remercie. Il s'agit en outre d'un sujet très confidentiel. Serait-ce trop demander à Votre Grâce de me suivre dans la forêt?

Un peu d'impatience, dans le regard du jeune duc, fit craindre le pire à Elfa. Il pouvait refuser et lâcher la bride à ses chevaux. Comment le retenir dans ce cas?

Tout à coup, il se mit à rire : la situation l'amusait.

– Très bien! J'espère, toutefois, qu'il ne s'agit pas d'une plaisanterie. Peut-être vais-je me trouver en face de deux bandits, exigeant ma bourse ou ma vie!

Très sérieuse, Elfa répliqua :

– Non, Votre Grâce, il ne s'agit de rien de semblable, je vous en donne ma parole!

– Je vous crois!

Il tourna la tête vers le siège occupé par son groom, mais il n'eut pas d'ordre à lui donner. Le groom sauta à terre et se dirigea vers la tête des chevaux. Le duc déposa les rênes. L'équipage conserva sa belle immobilité.

Il descendit et apercevant Swallow près de la jeune fille, il demanda :

– Qu'allez-vous faire de votre monture?

– Oh! Swallow me suivra!

Elle précéda le duc dans le sentier, à l'orée du bois, et, sans tourner la tête, s'engagea sous le couvert. Elle connaissait bien ces futaies. Un certain nombre de troncs d'arbres abattus récemment gisaient sur le sol.

Elle prit place sur l'un d'eux. Le duc inspecta du regard ce siège d'occasion et finit par s'asseoir à ses côtés.

– A présent, vais-je savoir ce que tout cela signifie? Et tout d'abord, faisons les présentations. J'ai cru comprendre que vous me connaissiez?

– En effet, Votre Grâce. Moi, je suis Mary Margaret Alexandra Elfa, fille du duc de Northallerton. (Le duc allait répondre, mais Elfa se hâta d'ajouter :) Tout le monde m'appelle Elfa, pour des raisons soi-disant évidentes...

Le duc observait Elfa avec amusement et en oublia son rendez-vous. Cette jeune personne ne ressemblait à aucune des femmes qu'il connaissait dès les premières paroles, elle l'avait étonné.

Elle s'appelait Elfa, et il prit conscience de son apparence légère et féerique. Elle évoquait en effet le monde des elfes.

Les yeux, très grands, dans un petit visage au menton pointu, étaient taillés en amande. Leur forme étrange et leur regard, lui rappelaient les illustrations de ses livres d'enfant.

Un petit elfe malicieux, oui... Elle avait aussi une très jolie petite bouche, dont les lèvres s'étiraient dans un sourire subtil, moqueur, simplement esquissé. Quand elle souriait vraiment, deux fossettes se creusaient dans ses joues.

Elle restait assise près de lui, calme et détendue sous son regard, se laissait examiner. Il ne la questionnait pas, mais elle expliqua :

– A ma naissance, papa a déclaré que, sûrement, j'étais un « changeling », un enfant changé par les fées, vous savez? Tout le monde disait que je ressemblais à un elfe. Ma grand-mère, qui avait le sens de l'humour, et qui me portait sur les fonts baptismaux, a ajouté « Elfa » à mes autres prénoms. Papa était furieux, mais rien à faire, ce surnom m'est resté.

Le duc observa :

– Ce nom est singulièrement approprié à votre personne.

Elfa sourit et ôta son chapeau d'amazone :

– Je suis bien plus à mon aise sans ce chapeau, mais j'ai tenu à le mettre pour vous faire bonne impression!

– Vous pensiez que c'était nécessaire? demanda distraitement le duc.

Il observait la chevelure de la jeune fille et la trouvait aussi étrange que son visage. Elle aurait évoqué la couleur des feuilles mortes, s'il ne s'y était mêlé des reflets d'or, comme ceux du soleil jouant entre les branches.

Ainsi débarrassée de sa coiffure, elle ressemblait bien plus à un elfe qu'à une créature humaine, tant elle était menue et fine. Ses doigts taquinaient sa longue jupe : des doigts très effilés et d'une extrême blancheur.

– Eh bien, lady Elfa, à présent, nous savons qui nous sommes! Voulez-vous me confier ce secret si important et si urgent?

Elfa conservait une immobilité pleine de grâce, l'esprit tendu vers le duc. Ses yeux, comme ses cheveux, luisaient d'un éclat insolite.

Soudain il fut traversé par une intuition bizarre. Cette jeune fille n'accordait aucune importance aux traits de son visage et tentait d'aller plus loin. Elle voulait déchiffrer ses pensées au delà des apparences. Mais pourquoi? Le duc l'ignorait.

Elfa, elle, avait peur et redoutait le moment de la grande explication. Cet homme qui la regardait, elle avait admiré de loin, à la chasse, sa superbe allure. De près, dans la lumière tamisée du sous-bois, il était plus beau encore. Beaucoup trop beau.

Elle perçut une puissance virile redoutable, autoritaire et impérieuse qui émanait de lui.

Elle s'était préparée à affronter un homme intimidant, mais non pas à recevoir le choc d'une personnalité aussi dominatrice, aussi arrogante.

Cette beauté masculine hautaine, presque majestueuse, ne dissimulait-elle pas un caractère volontaire, déterminé même, jusqu'à l'entêtement?

– Eh bien? Qu'avez-vous à me dire?

Plus aucune trace d'amusement ou d'indulgence

dans cette voix grave qui, maintenant, vibrait d'impatience.

– C'est très simple, Votre Grâce. Je sais que vous avez l'intention de demander la main de Caroline, ma sœur aînée. Alors, voilà ce que j'ai à vous demander : cela vous ennuierait-il beaucoup de m'épouser, moi, à sa place?

Elfa, en édifiant son plan, s'attendait à produire un certain effet de surprise. La proposition, elle s'en rendait compte, n'était pas de celles que l'on fait tous les jours à un futur mari, quand tous les arrangements familiaux semblent déjà arrêtés.

Le résultat, pourtant, dépassa toutes ses prévisions.

Le duc parut pétrifié. Il resta là, immobile, à la contempler sans un mot, les yeux pleins d'une stupeur incrédule. Il essaya de parler, se retint, réfléchit. Le regard, la voix également durs, le corps tendu comme s'il allait se lever d'un bond, il demanda :

– C'est une plaisanterie, naturellement?

– Non! Non! Ne croyez pas cela, je vous en supplie! C'est très sérieux et, surtout, c'est un appel au secours!

– Expliquez-vous!

– Mon père désire que vous épousiez Caroline. Mais Caroline est follement amoureuse de quelqu'un d'autre. Ils espéraient se marier dans un an. Et voilà que mon père décide que Caroline doit devenir duchesse de Lynchester! On l'obligera à obéir, mais elle en aura le cœur brisé!

Le jeune homme n'en croyait pas ses oreilles. Il avait accepté l'offre du duc de Northallerton sans songer un seul instant à l'opinion de la jeune fille qu'il allait épouser. Bien sûr, elle serait enchantée de devenir sa femme!

Elfa l'observait. Elle se souvint des propos qu'elle avait surpris, dans la bibliothèque. Toutes ces femmes séduisantes qui couraient après le duc, et qui le jugeaient irrésistible! Il allait se vexer en apprenant qu'une jeune personne, au moins, ne voulait pas de lui!

Il observait un silence impressionnant. Elfa se risqua :

– Je me rends bien compte, Votre Grâce, qu'il peut sembler surprenant que Caroline refuse de devenir votre femme. Mais l'amour est plus important encore qu'un titre de duchesse. Caroline aime Edouard, elle préférerait vivre pauvre, auprès de lui, plutôt que dans le luxe avec... avec un autre!

Le duc s'exclama :

– J'étais convaincu que votre père, avant de me faire cette offre, avait consulté sa fille!

Elfa ne put réprimer un rire :

– Papa ne lui a pas demandé son avis. Il lui a dit ce qu'elle devait faire, voilà tout! Heureusement, je trouvai le moyen de la préparer un peu. J'avais surpris une conversation entre mon père et ma mère, et appris ainsi comment il comptait mettre fin à la querelle entre nos deux familles.

Le duc laissa passer quelques instants qui parurent bien longs à Elfa, puis il répondit d'un ton neutre et sans la moindre nuance d'excuse :

– Je dois dire que la suggestion de votre père m'a paru aussi judicieuse que convenable!

– Oh! ce serait un vrai plaisir pour nous de ne plus entendre ces tirades sur Magnus Croft, jour après jour, année après année! J'imagine que vous en avez souffert autant que nous! Mais vous remporterez exactement la même victoire en m'épousant, moi, à la place de Caroline!

– Vous êtes donc si désireuse de devenir ma femme?

Le ton qu'il employa n'avait plus rien d'amusé, ni de nonchalant. Il était rude, presque insultant.

– Là n'est pas la question! Mais moi, je suis libre. Je

ne suis pas amoureuse, comme l'est ma sœur. Si l'une de nous doit être sacrifiée à Magnus Croft, mieux vaut donc que ce soit moi!

A peine ces mots lui avaient-ils échappé qu'elle comprit, à l'expression du visage de Lynchester, qu'il n'appréciait pas du tout cette façon de s'exprimer.

– Je suis désolée, Votre Grâce! Excusez ma maladresse. Mais je suis sûre que vous comprenez qu'une jeune fille n'a aucune raison de se réjouir à la pensée d'épouser un inconnu!

– C'est possible... Je ne connais rien à la mentalité des jeunes filles! Je pensais que leurs sentiments ne comptaient guère, quand on les mariait. A mon avis, les parents choisissent pour elles le mari qui leur convient le mieux, et voilà tout.

Elfa, fort étonnée à son tour, prit le temps de réfléchir avant de répliquer :

– Vous vous souvenez du temps où vous n'étiez qu'un très jeune homme? Vous deviez avoir des opinions bien définies sur la vie, sur ce que vous en attendiez, sur les gens qui vous entouraient, sur vous-même? Pour les jeunes filles, c'est pareil, avec cette différence qu'elles sont encore plus idéalistes que les garçons!

Le duc s'attendait à tout, sauf à une réponse de ce genre. Piqué au jeu, il se laissa prendre à l'attrait de la discussion :

– Vous êtes peut-être idéaliste, néanmoins vous êtes prête à m'épouser, moi, dans des circonstances on ne peut plus prosaïques!

– Oui, je sais, j'y ai pensé! Mais, que voulez-vous, je n'ai pas le choix. Ou bien vous épousez Caroline, et dans ce cas, elle sera si malheureuse qu'elle ne pourra vous rendre la vie agréable... Ou bien...

Elle s'interrompit, mais le duc insista :

– Ou bien... Achevez donc!

– Vous le savez : ou bien vous m'épousez, moi.

– Ah! non! dit le duc avec véhémence. Je n'aime

pas du tout la façon dont vous dites ça! Je ne peux m'empêcher de penser que vous vous considérez comme un agneau qu'on mène à l'abattoir!

– Non! Je pensais à tout autre chose, je vous assure! Je me disais que, peut-être, en m'épousant, et malgré les apparences, vous ne perdriez pas trop au change!

– Belle pensée, mais qui signifie...?

– Caroline, devenue votre femme, ne ferait que pleurer et se languir d'Edouard à s'en rendre malade. Personne ne pourrait l'en empêcher, je la connais! Moi, j'essaierai d'être pour vous une épouse très convenable, même si comme je le pressens, cela s'avère difficile.

Il poussa une petite exclamation dont Elfa ne comprit pas le sens. Aussitôt elle ajouta :

– Papa prétend qu'en général l'amour vient après le mariage, mais il dit aussi que vous ne vous souciez pas d'avoir une épouse amoureuse, car votre vie sentimentale est ailleurs. Alors, cette question ne se posera pas entre nous!

– Comment! Je me refuse à croire que votre père a pu vous raconter une chose pareille!

– Il parlait avec maman, et il ignorait que je l'entendais.

– Ah! vous écoutez aux portes?

– Il s'agit toujours de cette conversation que j'ai surprise. Mon père expliquait à ma mère qu'il venait de trouver une solution pour le problème de Magnus Croft.

– Je suis un ignorant, décidément! Je croyais qu'une vraie dame n'écoutait jamais les conversations qui ne lui étaient pas destinées!

Elfa sourit et ses fossettes se creusèrent.

– Les dames ne sont pas des gentlemen et les elfes n'ont pas un code de l'honneur bien défini!

– Je vous remercie de m'en avertir!

Elfa ne souriait plus, soudain inquiète devant l'air solennel du duc qui soupira :

– J'ai bien peur de faire une bêtise! Pourtant, lady Elfa, il me semble difficile de refuser votre proposition!

L'enthousiasme emporta Elfa. Elle battit des mains comme une enfant :

– Oh! magnifique! Vous acceptez? Vraiment?

– Je n'ai pas le choix, comme vous l'avez dit! J'accepte ou je reprends la route de Chester House.

– Dans ce dernier cas, Magnus Croft resterait la propriété de papa.

– Exactement!

Il fronça les sourcils, soudain assombri. La situation lui apparaissait dans toute sa crudité.

– Cependant, jamais je n'aurais dû donner mon accord à cette solution ridicule!

– Ne dites pas une chose pareille! Songez plutôt à ces interminables discussions autour de Magnus Croft!

– Votre grand-père ne s'est pas montré très fair play en profitant de l'ivresse d'un homme qui ne savait plus ce qu'il faisait. Je suis persuadé que mon père n'a pas compris, lorsque votre aïeul a proposé Magnus Croft comme enjeu de la partie. Il a cru qu'il s'agissait d'une terre moins importante pour le domaine.

– Pas fair play, peut-être, mais que dire de celui qui, après avoir perdu au jeu, va se plaindre partout et refuse de reconnaître sa dette!

Elfa avait répliqué avec emportement. Le duc la regarda avec une irritation égale à la sienne puis, soudain, il éclata de rire :

– Vous voyez! Nous reprenons la vieille querelle!

– Vous avez raison, c'est intolérable! Jamais je ne pourrais supporter cela dix-huit ans de plus!

– Dix-huit ans... C'est votre âge?

– Je les aurai dans un mois. Je suis née en juin.

– Vous êtes un peu jeune...

– Pour me marier? Caroline a vingt ans, c'est vrai, mais cela ne signifie rien, vous savez. C'est toujours moi qui me suis occupée d'elle. On ne devrait pas compter l'âge en années! C'est la maturité de l'esprit qui compte.

– Vous vous considérez comme un esprit très mûr?

– Je l'espère bien! D'ailleurs, les fées, les farfadets, les elfes n'ont pas d'âge et ne meurent jamais.

Cette remarque inattendue fit sursauter le duc qui se contenta de répondre :

– Voilà qui donne beaucoup à penser!

Elfa laissa tomber son chapeau dans l'herbe et se pencha pour le ramasser :

– Si vous acceptez vraiment de ne pas demander la main de Caroline, peut-être devriez-vous aller tout de suite à Allerton Towers. Maman doit vous attendre dans le salon, et regretter chaque seconde qu'elle ne passe pas dans le jardin, au milieu de ses fleurs!

– Dites-moi, fit-il, amusé, êtes-vous vraiment en train de m'expliquer ce que je dois faire?

– Non! Non! Ce serait très impertinent de ma part! Mais il faut que je vous avertisse. Personne ne doit être au courant de notre rencontre.

– Vraiment?

– Si papa apprend que j'y suis pour quelque chose, il sera encore plus furieux que vous n'épousiez pas Caroline.

– Pourquoi, puisque je vous épouse, vous?

– Parce que Caroline est sa préférée. Vous dites que vous comprenez la situation, alors autant vous l'apprendre moi-même : Caroline est très, très belle.

– Je l'ai entendu dire, en effet.

– Caroline a absolument l'allure qui convient à une duchesse. Vous me jugerez beaucoup moins belle qu'elle, mais je n'y peux rien!

Cynique, le duc répliqua :

– Alors, mieux vaudrait, sans doute, que je m'en tienne au plan initial.

– Si vous le faites, je m'arrangerai pour trouver de

l'argent. Je le donnerai à Caroline et elle s'enfuira avec Edouard. Cela provoquera un beau scandale! De plus, vous aurez l'air ridicule quand on s'apercevra que Caroline a préféré un jeune homme sans le sou à un duc aussi riche, aussi beau et aussi séduisant que vous!

– Mais, ma parole, vous voulez me faire chanter! Vous n'êtes pas un elfe, vous êtes un affreux petit démon qui a décidé de me tourmenter!

– Vous parlez de ces méchants lutins qui vivent sous la terre et qui jouent des mauvais tours aux humains?

– Non! Non! Vous ne leur ressemblez pas vraiment!

– Je sais que mon apparence peut ne pas vous plaire. Toutes ces femmes si jolies, si séduisantes, dont vous avez été amoureux, et qui sont folles de vous! Je ne porterai peut-être pas les diamants des Lynchester aussi bien qu'il le faudrait. Mais je n'y peux rien!

Il se leva.

– Je suppose que lady Caroline est au courant de tout cela!

– Vous ne verrez pas Caroline aujourd'hui. Cela vous sera plus facile d'annoncer à papa et à maman que c'est moi que vous préférez.

– Charmante précaution! Je vous rappelle que je suis censé ne pas vous connaître. Vos parents vont trouver mon choix plutôt extraordinaire, vous ne pensez pas?

– Vous pouvez toujours prétendre que vous m'avez remarquée à la chasse. Moi, je vous ai vu plusieurs fois et je vous ai trouvé tout à fait distingué.

– Oh! merci, vraiment!

– Vous êtes un merveilleux cavalier, et il faut dire aussi que vous possédez les meilleurs chevaux du comté.

– Lady Elfa, essayez-vous de me corrompre, avec vos compliments? J'ai parfaitement conscience que vous avez réglé la question de notre mariage à peu près seule, et sans vous occuper de mon avis.

– J'ai agi en pensant à Caroline et à Edouard. Ils vous devront leur bonheur.

– Je vous l'avoue, je me préoccupe surtout de mon bonheur à moi!

– Alors, c'est très simple! En roulant jusqu'à Allerton Towers, répétez-vous sans arrêt: « J'ai gagné! Magnus Croft est à moi! Magnus Croft est à moi! »

Elle lui sourit, ramassa son chapeau, ses gants et s'avança jusqu'à l'endroit où Swallow broutait l'herbe en l'attendant.

Elle siffla : le cheval tourna la tête et vint vers elle. Le duc s'approcha pour l'aider à se mettre en selle, mais Elfa était déjà en croupe, légère et pleine d'ardeur.

Elle se tourna vers lui, et il vit danser ses fossettes dans le grand sourire qu'elle lui offrit :

– Bonne chance!

Elle était déjà loin avant qu'il eût trouvé une réponse convenable. Il rejoignit le phaéton, monta sur le siège, reprit les rênes et prit la direction de Allerton Towers.

Toute cette scène qui venait de se dérouler dans le sous-bois lui apparaissait comme un rêve.

Elfa galopait dans la campagne. A l'entrée du parc, Ben l'attendait comme elle le lui avait ordonné.

– Avez-vous transmis mon message à Emily, Ben?

– Oui, milady.

Inutile d'en demander davantage. Elle s'élança à travers le parc, jusqu'aux écuries.

Elle échangea quelques mots avec Garston, pendant qu'il ramenait Swallow à sa stalle. Puis elle courut jusqu'à la maison, emprunta la petite porte par laquelle elle était sortie et grimpa les deux étages menant à leur appartement.

Là, elle regarda autour d'elle avec angoisse : le

silence régnait alentour. Puis, la porte de Caroline s'ouvrit doucement. La femme de confiance de la duchesse parut.

– Dorothy! s'exclama Elfa, jouant la surprise. Que se passe-t-il?

– Ah! Je me demande ce que va dire Sa Grâce! Vraiment, je me le demande!

– Je vous en prie, Dorothy...

– C'est la deuxième fois qu'on m'envoie dire à Sa Seigneurie qu'il est temps de descendre au salon, mais elle prétend qu'elle ne peut pas, qu'elle a la migraine!

– Comment, Dorothy? La migraine de ma sœur a empiré? Mais c'est désolant!

– Oui, milady et même, à l'en croire, elle souffre beaucoup! Mais Sa Grâce insiste pour qu'elle descende!

– Dorothy, allez dire à Sa Grâce que lady Caroline descendra dès qu'elle se sentira mieux. Je vais voir ce que je peux faire pour la soigner.

– Ah oui! Voilà une très bonne idée, milady!

Elfa traversa le palier en courant et ouvrit la porte de Caroline :

– Tout va bien, Caroline, tout va bien! Il a accepté!

Caroline poussa un cri étouffé et se releva d'un bond :

– Quoi? Il a accepté... Oh!... Oh!... J'avais si peur! Tu ne peux pas savoir comme j'avais peur!

Elle pouvait à peine parler. Les larmes recommencèrent à ruisseler le long de ses joues.

– Je sais, chérie, je sais, mais il faut te calmer. Il reste encore pas mal de choses à faire. Dès que le duc sera là, papa enverra sûrement maman pour te chercher!

Caroline ne l'écoutait pas. Elle lui prit la main et la serra à lui faire mal :

– Tu es sûre, Elfa? Tu es sûre? Il ne va pas changer d'idée?

– Changer d'idée? Je l'ai prévenu que, dans ce cas,

je trouverais de l'argent pour permettre à Edouard de t'enlever et lui passerait pour un imbécile.

Caroline en fut horrifiée :

– Non, Elfa! Tu n'as pas pu dire une chose pareille!

– Tu crois ça? Je l'ai fait! De cette façon, je suis bien sûre qu'il tiendra sa promesse, et qu'il m'épousera.

– C'est trop beau... Trop beau... Jamais je n'aurais cru que tu réussirais!

– Je n'y croyais pas beaucoup moi-même, mais je voulais tout tenter pour que vous soyez heureux, Edouard et toi.

– Oh! Comme nous allons être heureux! Ce sera tellement magnifique, Elfa!

Elfa, consternée, observait sa sœur qui rayonnait de bonheur et offrait le spectacle d'une jeune fille en pleine santé.

– Caroline, tu as l'air radieuse! Pour l'amour du ciel, il faut que tu prennes la mine d'une malade. Autrement, maman et papa devineront la vérité!

Caroline, obéissante, alla s'allonger sur son lit. Elle appuya sa tête sur ses oreillers, mais comment réprimer le sourire extasié qui lui venait aux lèvres?

– Attends, j'ai une idée! s'exclama Elfa.

Une fois de plus, Caroline fit confiance aux « idées » de sa cadette. Elfa courut jusqu'au petit salon, leur ancienne salle d'étude. Au milieu de la pièce, se trouvait toujours la table où elles prenaient leurs leçons de dessin. Elle souleva le tapis qui la recouvrait, ouvrit le tiroir et y prit un crayon. Puis elle regagna la chambre et annonça :

– Je vais dessiner des cernes sous tes yeux. Comme ça, tu auras l'air vraiment malade. Seulement, je t'en prie, arrête de sourire!

– J'ai envie de chanter, de danser, et de voir Edouard!

– Je comprends ça! Mais auparavant, il vaudrait mieux que nous soyons tout à fait sûres que tu peux lui apprendre de bonnes nouvelles, tu ne crois pas?

Aussitôt, Caroline s'affola :

– Oui, oui... Mais je croyais... J'ai tellement prié pour que tu réussisses!

– Très bien! Continue à prier jusqu'à ce que le duc ait quitté la maison. Et maintenant, ferme les yeux.

Caroline obéit. Elfa, adroitement, du bout des doigts, étala une ombre légère sous les cils clos de sa sœur.

– Surtout, ne t'essuie pas les yeux avec ton mouchoir, maman comprendrait tout, et alors, ça irait mal! Dès que tu l'entendras venir, pose un mouchoir imbibé d'eau de Cologne sur ton front!

– Mais toi, que vas-tu faire?

Elfa éclata de rire :

– Moi? Mais, voyons! Je vais mettre ma plus jolie robe!

– Pourquoi?

– Il faut bien que je me prépare avant de descendre au salon pour y recevoir la demande en mariage de Sa Grâce, le duc de Lynchester! Tu comprends, cette demande, il ne la fera que contraint et forcé! Mais il n'a pas le choix : il m'épouse, ou il perd Magnus Croft pour toujours!

Elle gagna sa chambre, retira son habit de cheval et le jeta sur un fauteuil.

Et soudain, pour la première fois, elle pensa à elle. Pour sauver sa sœur, elle s'était condamnée à épouser un homme qu'elle ne connaissait pas, un homme arrogant, impérieux, et qui ne l'aimait pas.

Le souvenir de leur affrontement, dans le bois, lui donna un léger frisson. Certes, elle avait réussi à le convaincre. Elle avait eu le dessus, mais il s'en était rendu compte. Cela ne lui plaisait pas du tout. A l'avenir, il se montrerait beaucoup moins facile à manœuvrer.

Elle avait gagné la bataille, mais cela ne se reproduirait jamais. Le duc de Lynchester n'avait pas l'habitude de se laisser mener. Il voulait Magnus Croft. Il payerait le prix nécessaire, mais après...

Elfa, attristée, s'avança jusqu'à la fenêtre et regarda au-dehors.

Les jardins, le parc et, plus loin, les bois de pins. Depuis sa petite enfance, chaque fois qu'elle était malheureuse, Elfa se réfugiait dans les bois.

Ils l'entouraient, ils la protégeaient dès qu'elle accourait vers eux. Elle s'y sentait au cœur d'un monde merveilleux, parmi des êtres semblables à elle et pouvait communiquer avec eux.

Une secrète complicité la liait aux arbres. A qui aurait-elle pu expliquer cela? Pourtant, il ne s'agissait pas d'un rêve, mais d'une réalité si forte qu'elle pouvait fonder sa vie sur cette certitude.

La forêt faisait partie de son être.

Elle allait épouser le duc de Lynchester. Pourquoi pas? Jamais elle n'aurait pu tomber amoureuse à la façon de Caroline!

Pourtant, elle aussi avait ses amours secrètes! Personne, pas même l'homme qui allait devenir son mari, ne pourrait les lui ôter.

« C'est mon affaire! » se dit-elle.

En quittant le duc, elle avait galopé à travers bois, sauvagement, avec délices. Il fallait bien qu'elle s'assure que rien n'avait changé!

Mais non! Tout allait bien. Ses amis les arbres l'attendaient, comme d'habitude.

3

Le duc de Lynchester roulait vers Allerton Towers.

« Si j'avais le moindre bon sens, pensait-il, je ferais demi-tour et regagnerais ma demeure! »

Elfa l'avait contraint à considérer le problème de son mariage sous un aspect tout à fait nouveau.

C'était irritant!

Il avait cru fermement que n'importe quelle jeune fille serait flattée, voire enivrée, à la perspective de devenir duchesse de Lynchester.

Elfa lui avait fait sentir son erreur. Et il devait bien s'avouer que dans ce cas précis, il s'était montré incroyablement borné!

Oh! bien sûr, il avait de bonnes excuses! Les femmes l'avaient tellement gâté! Oui, mais quelles femmes?

Celles qu'il fréquentait : des mondaines, des femmes mariées, expérimentées, toujours prêtes à l'entourer de flatteries, et à le séduire. Chacune d'elles était prête à disputer aux autres l'honneur de devenir sa maîtresse. Et cela, depuis sa sortie du collège, et même avant! Ainsi, peu à peu, il en était venu à oublier qu'il existait d'autres femmes que celles-là.

Il avait tenté d'être sincère avec Elfa. Il ne comprenait pas les jeunes filles et ne leur accordait aucune personnalité. Elles obéissaient à leurs parents en se mariant. Plus tard, elles devenaient des femmes, des êtres séduisants.

Le duc de Northallerton, dans une conversation d'affaires, entre hommes, lui avait proposé d'en finir avec le différend opposant leurs deux familles. Il avait offert la main de sa fille, et à aucun moment, Lynchester ne s'était inquiété de l'opinion de cette jeune personne.

Très mortifié, il songea :

« Je devrais abandonner ce projet de mariage! Je devrais y réfléchir, et attendre quelques années encore! »

Facile à dire!

Allait-il faire demi-tour pour de bon? Renoncer à sa visite à Allerton Towers? Jamais le duc de Northallerton ne le lui pardonnerait! Ce serait renoncer pour toujours à Magnus Croft.

Si lui-même parvenait à s'y résigner, il existait encore bien d'autres inconvénients. Les dissensions entre les deux domaines n'avaient que trop duré. Tout le comté en souffrait.

Ses gardes-chasse, les premiers, considéraient comme une insulte les battues organisées par Northallerton dans les bois de Magnus Croft. Les maîtres se disputaient cette terre et donnaient le mauvais exemple. Leurs serviteurs saisissaient le moindre prétexte pour se prendre de querelle.

Lynchester ne pouvait oublier les propos d'Elfa. Il en était choqué, mais aussi troublé. Allerton Towers apparaissait à l'horizon, et le duc n'avait plus qu'un désir : éviter cette visite, cette démarche qu'on attendait de lui.

« Toute cette affaire est d'un ridicule! » estima-t-il.

Oui, mais y renoncer à présent, ne ferait qu'envenimer les choses.

Ses chevaux franchirent le portail d'entrée et s'arrêtèrent devant le perron. Lynchester se sentait dans l'état d'esprit d'un aristocrate français au pied de l'échafaud. Il ne lui restait plus qu'à sauver son honneur...

Il pouvait se dire qu'il était l'auteur du désastre, mais cela ne le consolait pas. De très mauvaise humeur, il descendit de voiture. Northallerton l'attendait à la porte principale.

– Bienvenue, mon cher Lynchester! Je suis ravi de vous accueillir, après toutes ces années de querelle!

Les deux hommes se serrèrent la main et gagnèrent le salon, où la duchesse les attendait.

Ce que le duc de Lynchester ignorait, c'est qu'une terrible tempête venait de secouer Allerton Towers.

A 3 heures, Northallerton était entré au salon et y avait trouvé sa femme, seule.

– Où est Caroline?

– Je viens d'envoyer quelqu'un pour lui rappeler l'heure, Arthur! dit la duchesse, distraite.

Elle songeait à toutes ces plantes abandonnées dans le jardin qu'il aurait fallu repiquer avant la pluie!

Son chef jardinier, vieil homme plein d'expérience, prédisait le temps sans se tromper. Or, le matin même, il avait déclaré :

– Il faudrait se presser, Votre Grâce. La pluie va venir. Je le sens dans mes os! Trop de pluie, c'est tout aussi mauvais que pas assez!

La duchesse, qui ne voulait confier à personne ses précieux spécimens, avait travaillé dur. Mais près de la moitié des plants sortis des serres attendaient encore d'être repiqués avant la fameuse pluie.

Ses pensées erraient loin du salon, autour des plates-bandes préparées pour les repiquages. Tout à coup, elle sursauta : son mari marchait de long en large, signe de colère.

– Voyons, Arthur! Ne vous inquiétez pas! Caroline est toujours très ponctuelle. Elle ne tardera pas.

– Ah! Vous trouvez qu'elle est ponctuelle? Il est 3 h 10. Quand je dis 3 heures, Elisabeth, cela veut dire 3 heures!

– Oui, Arthur...

Il traversa le salon, sortit dans le hall et s'adressa au valet de pied :

– Envoyez une femme de chambre à lady Caroline. Dites à Sa Seigneurie que je l'attends!

A cet instant précis, une femme de chambre descendit l'escalier et se dirigea vers lui.

– Eh bien! Que se passe-t-il? Où est lady Caroline?

– Sa Seigneurie est désolée, Votre Grâce. Elle souffre d'une terrible migraine.

– Une migraine! cria le duc. Qu'est-ce que ça veut dire, une migraine? Remontez, dites à Sa Seigneurie que, migraine ou pas, elle doit descendre, et tout de suite!

La femme de chambre partit en courant. Le duc rejoignit sa femme :

– Voilà Caroline qui prétend qu'elle a la migraine!

Ce ton agressif indiquait assez qu'il rendait son épouse responsable de la situation.

– C'est exact! Elle en a parlé, au déjeuner, vous en souvenez-vous, Arthur?

– Ce sont les nerfs! affirma-t-il. Toutes les femmes sont comme ça! Dès qu'il arrive quelque chose d'inattendu, ça ne manque pas, elles piquent des crises de nerfs!

– Oh! Arthur! Je pense, au contraire, que Caroline s'est très bien comportée! Elle n'a même pas protesté quand vous lui avez annoncé ce projet de mariage. Pourtant, elle est très amoureuse d'Edouard Kalkirk.

Le duc fit entendre ce reniflement familier qui, chez lui, exprimait l'irritation. Il ne voulait à aucun prix reprendre cette discussion.

– Allons! Que fait cette soubrette? Il ne faut pourtant pas si longtemps pour transmettre mes ordres à Caroline et la faire descendre!

Quelques pas de fauve en cage, et il se planta devant sa femme :

– Vous m'avez dit qu'Elfa devait aider sa sœur à se préparer?

– Dorothy me l'a affirmé.

– Beau résultat! Mes filles sont des sottes!

3 h 30, et toujours pas trace de Caroline. C'en était trop pour le duc.

– Elisabeth! Montez chercher cette jeune idiote et ramenez-la. Après tout, c'est à vous de le faire, c'est votre fille!

Paisible, la duchesse observa :

– C'est aussi la vôtre, Arthur!

– Ah! Vous le prenez ainsi! C'est bien! J'y vais moi-même!

Il grimpa jusqu'au second étage. Elfa, toujours aux aguets, entendit ses pas dans l'escalier. Vite, elle courut jusqu'à la chambre de sa sœur :

– Caroline, voilà papa! A toi de jouer, à présent! Ne te trouble pas, ne cède pas! Rappelle-toi : tout ce que tu vas faire, ce sera pour Edouard!

– Oh! Non... non... chuchota Caroline, affolée. C'est papa qui monte? Oh! Jamais je ne pourrai...

Elfa s'enferma dans sa propre chambre. Caroline s'en tirerait mieux sans témoin.

Le duc, cependant, ne gravissait pas souvent les deux étages. Il s'était élancé avec impétuosité, comme au temps de son enfance. Mais quand il arriva au palier du second, son pas se fit plus lourd et il prit le temps de souffler un peu.

Il frappa à la porte de Caroline et l'ouvrit aussitôt.

– Je viens moi-même vous dire que vous devez... (Il s'interrompit, stupéfait : sa fille gisait sur son lit, en chemise et jupon.) Comment? Vous n'êtes même pas habillée?

– Je... Je suis si malade, papa...

Caroline n'avait plus besoin de se forcer pour s'empêcher de sourire. Elle avait si peur qu'elle parlait d'une voix indistincte et elle craignit de s'évanouir pour de bon. Certes, elle aimait tendrement son père, elle se savait sa préférée, mais ses humeurs dictatoriales l'avaient toujours épouvantée.

A vrai dire, quand quelque chose contrariait les projets du duc, toute la maison tremblait. Et cette fois, il s'agissait du sujet sacré par excellence : Magnus Croft. On pouvait tout redouter.

Il s'approcha du lit :

– Allons, que se passe-t-il, Caroline? On peut dire que vous choisissez bien votre moment pour avoir des vapeurs!

Il attendit une réponse, mais Caroline se tint coite, les yeux clos, tremblante. Enfin, elle soupira :

– C'est... c'est ma tête!

Il faillit exploser de colère mais, comme il se penchait vers elle pour mieux l'apostropher, il remarqua les cernes sous les yeux de sa fille.

Il en fut navré. Caroline, avec ses yeux battus, restait toujours aussi belle; cependant, s'il l'obligeait à se montrer ainsi, elle ne serait pas en possession de tout son éclat.

Or, il voulait que sa fille apparaisse à Lynchester, qui ne la connaissait pas, tout à fait à son avantage.

Northallerton connaissait, comme tout le monde, la vie sentimentale agitée de son voisin et en avait parlé avec sa femme. On ne pouvait attendre d'un tel séducteur qu'il devienne un mari tranquille et fidèle.

Pourtant, dans le secret de son cœur, il espérait que la rare beauté de Caroline réussirait à fixer cet homme volage. Comment un jeune homme pourrait-il rester insensible à la beauté rayonnante de sa fille aînée? Le duc, bien que peu romanesque, espérait qu'au premier regard Lynchester tomberait amoureux de sa fiancée.

Homme du monde, il n'ignorait pas que la plupart

des mariages aristocratiques ont pour base la raison et l'intérêt bien compris des deux maisons.

Il n'en estimait pas moins qu'une affection réciproque, entre les époux, rendait les choses plus faciles.

La réelle tendresse qu'il éprouvait pour sa fille lui suggéra un accommodement. Pourquoi Lynchester n'attendrait-il pas un peu avant de rencontrer sa future épouse? On lui avait vanté la beauté de la jeune fille. Il y rêverait, cela ajouterait du piquant à cette situation prosaïque. Caroline méritait bien qu'on la désirât un peu!

– Je ne peux pas imaginer un pire moment pour tomber malade! dit-il enfin. Mais je ne veux pas que le duc vous voie avec la mine que vous avez aujourd'hui! Je vais donc l'inviter à dîner pour demain ou après-demain. Promettez-moi qu'alors vous serez en bonne santé!

– Je vais essayer, papa...

– Je l'espère bien!

La tendresse de son regard démentait son ton bourru. Pourtant, il était furieux, on venait de contrarier gravement l'un de ses plus chers projets et pour bien le faire comprendre, il sortit de la chambre en claquant la porte.

Elfa, toujours aux aguets, attendit qu'il eût atteint le rez-de-chaussée et se précipita chez sa sœur :

– Bravo, Caroline! Tu as réussi à convaincre papa! Nous sommes sauvées, tout va s'arranger!

Caroline, encore mal remise de sa frayeur, s'assit sur son lit, en écartant le mouchoir posé sur son front :

– Oui, mais tu sais, papa va inviter le duc à dîner, pour demain ou après-demain!

– A ce moment-là, si tout va bien, il aura demandé ma main et tu n'auras plus rien à craindre.

– Et s'il ne le faisait pas! Il t'a peut-être menti, pour se débarrasser de toi! Si c'est moi qu'il demande? Oh! Elfa, que ferons-nous alors?

Elfa regarda sa sœur :

– Nous pouvons seulement espérer qu'il se conduira en gentleman et qu'il tiendra parole...

Dans le salon, la duchesse examinait le duc de Lynchester.

Comme ses filles, elle l'avait entrevu à la chasse. De près, elle le jugeait très beau. Pourtant, sa mine hautaine, son maintien orgueilleux ne le rendaient pas des plus sympathiques.

On bavardait beaucoup sur son compte. Ce que la duchesse en avait entendu dire ne lui plaisait guère.

Elisabeth de Northallerton avait appris à aimer son mari, après un mariage décidé par leurs familles respectives. Elle éprouvait de la tendresse pour lui et savait s'accommoder de ses humeurs coléreuses. C'était, jugeait-elle, un bon mari, et un compagnon fidèle.

Parfois cependant, il lui arrivait de penser qu'elle aurait été plus heureuse, mariée à un gentilhomme campagnard, amateur de jardins et de fleurs. Elle aurait ainsi goûté un bonheur calme et obscur, au lieu de cette existence brillante que son titre de duchesse l'obligeait à mener, bon gré, mal gré.

Soudain, elle s'aperçut que Lynchester lui parlait :

– On m'a souvent vanté la beauté de vos jardins, Votre Grâce. Ils sont célèbres. Je n'ignore pas qu'ils doivent tout à votre goût et à vos soins.

Il tenait ces renseignements de Harry Seldon. La mère d'Harry, aussi férue de jardinage que la duchesse elle-même, lui avait vanté les jardins d'Allerton Towers.

La duchesse, touchée au point sensible, sourit :

– Je suis sûre que vous avez de beaux jardins à Chester House. J'ai souvent désiré les visiter.

– Désir bien facile à satisfaire! J'ai peur, pourtant, qu'ils ne soient pas aussi parfaits que je le voudrais. J'ai fait ce que je pouvais, mais il faut du temps et de la patience pour remettre un jardin en état!

– Je le sais par expérience! admit la duchesse, dont les sentiments envers le jeune duc se transformaient considérablement.

Un homme qui aimait les jardins devait faire un bon mari! « Qui aime les fleurs ne saurait être méchant! » énonçait-elle volontiers.

Cependant, son époux prit la parole en choisissant ses mots avec une prudence qui ne lui était pas coutumière. Elle l'écouta, inquiète.

– Je crains d'avoir une nouvelle désagréable à vous annoncer, Lynchester! Ma fille Caroline, qui attachait une grande importance à votre visite, ne pourra pas descendre. Elle souffre d'une terrible migraine, conséquence, certainement, de ce temps trop lourd.

– Je regrette beaucoup d'apprendre que lady Caroline est souffrante. Mais je ne suis pas venu pour lady Caroline, mais pour lady Elfa.

C'était dit. Ce nom fit l'effet d'une bombe. Le duc et la duchesse se regardèrent, stupéfaits.

– Elfa? s'exclama enfin le duc. Pourquoi voulez-vous voir Elfa?

Le duc de Lynchester, placé dans une situation aussi délicate, réussit à répondre avec naturel :

– Parce que c'est lady Elfa que je désire demander en mariage.

C'en était trop pour Northallerton. Il en resta muet et accablé. Enfin, il gémit :

– Non! Non! Vous faites erreur! C'est Caroline, ma fille aînée, que vous devez épouser!

– Je ne voudrais pas discuter d'un tel sujet, Northallerton, mais mon choix est arrêté. Je souhaite vous demander la main de lady Elfa.

Un long soupir de la duchesse rompit le silence. Quant à son mari, il s'écria :

– Je ne comprends pas! Voyons, quand nous avons parlé de ce mariage, je vous ai offert Magnus Croft comme contribution à la dot de Caroline!

– Je suis navré de vous contredire, mais vous avez dit : « ma fille », sans indiquer de prénom.

– Peut-être, en effet ! Mais je pensais à Caroline ! Elfa n'est qu'une écolière : on ne l'a pas encore présentée à la cour !

Lynchester eut un léger sourire :

– Il n'est pas nécessaire d'avoir été présentée pour se marier !

– Mais Caroline est tout à fait l'épouse qui vous convient ! Elle est très belle, et fera honneur à son titre de duchesse. Elle saura, elle, mettre en valeur les diamants des Lynchester.

Le jeune duc comprit alors pourquoi Elfa avait fait allusion aux célèbres joyaux. Son père, au cours de la conversation qu'elle avait surprise, avait sans doute déclaré que Caroline les porterait admirablement...

Les sentiments qui agitaient Northallerton en cet instant, il les comprenait et même, il les partageait. Caroline, beauté renommée dont on vantait la grâce et l'allure, aurait fait une superbe maîtresse de maison pour Chester House. Son goût de la perfection en aurait été satisfait, sans nul doute. De plus, un père désire toujours marier en premier sa fille aînée.

La situation menaçait de devenir vraiment embarrassante. Il adopta un ton calme et neutre pour déclarer :

– J'ai cru comprendre que lady Caroline avait déjà engagé son affection.

Sans l'avoir voulu, il excellait, ce jour-là, à créer des effets de surprise. Il avait été, d'ailleurs, la première victime de la situation, mais il ne pouvait expliquer cela aux malheureux parents qui le contemplaient, médusés.

Enfin, le silence se faisant insupportable, Northallerton demanda :

– Qui vous a appris que Caroline n'était pas libre ?

Le ton était agressif mais Lynchester, conciliant, se contenta de répondre, en haussant les épaules :

– Vous savez comment vont les bavardages à la campagne !

La duchesse, alors, décida d'intervenir :

– Si vous désirez épouser Elfa, je suis bien sûr, Votre Grâce, que mon mari vous accordera son agrément avec plaisir !

Le mari, pour l'instant, restait debout, le visage contracté et furieux, mais silencieux, et hésitant à prendre une décision définitive.

– Arthur, envoyez un valet de pied à la recherche d'Elfa ! Elle doit se trouver quelque part dans la maison. Sûrement pas au jardin !

Le duc tourna le dos sans mot dire et sortit dans le hall. La duchesse se tourna vers Lynchester, avec une moue d'excuse :

– Elfa est très jeune. Son caractère est aussi différent que possible de celui de Caroline. Mon mari, j'en ai peur, ne la comprend pas très bien. C'est une fille sensible, qui ne ressemble à personne d'autre.

Il faillit répondre qu'il était bien de cet avis, mais il se souvint qu'il était censé ne pas la connaître. Il s'inclina légèrement :

– Je suis, en tout cas, très désireux de la rencontrer, Votre Grâce.

La duchesse poussa un léger soupir. Elle avait tenté, à sa façon, de protéger sa fille, mais elle avait échoué. Aussi obstiné que son époux, Lynchester épouserait Elfa pour obtenir Magnus Croft.

Sa fille cadette, comme elle l'avait souligné, ne ressemblait à personne, et demeurait une énigme pour sa mère. Bébé, petite fille, Elfa ne pleurnichait jamais, ne se livrait à aucun caprice puéril.

Arthur prétendait qu'elle était un « changeling ». Peut-être disait-il vrai : une enfant substituée par les fées à un bébé ordinaire, et qui n'était pas tout à fait humaine.

Mais non! Quelles pensées stupides! Si Elfa différait des autres, c'était la faute de ses parents, voilà tout. Arthur avait toujours préféré Caroline. La duchesse, elle, s'avouait honnêtement son penchant pour ses deux garçons. Elfa...

Le duc entra dans le salon :

– J'ai envoyé chercher lady Elfa. J'espère que Votre Grâce n'aura pas à regretter son choix.

Cette petite phrase indiquait bien qu'il s'inclinait devant la décision de Lynchester, mais il semblait si déconcerté que celui-ci eut beaucoup de mal à ne pas éclater de rire.

– Merci! Merci! s'exclama Elfa.

Le duc et la duchesse de Northallerton les avait invités à passer tous deux dans le jardin, où le duc, dès qu'ils seraient seuls, devait présenter sa demande à la jeune fille.

En descendant les marches de la terrasse pour gagner la pelouse, le duc ne put s'empêcher de l'examiner.

Elle ne portait plus sa tenue de cheval, mais une robe verte, assortie au feuillage du parc et qui augmentait encore sa ressemblance avec un elfe.

Elfa avait choisi soigneusement sa robe parmi les vêtements achetés à Londres, en prévision de sa présentation à la cour.

Le blanc allait bien, disait-on, aux jeunes filles. Caroline, en blanc, était en effet ravissante, mais cette couleur ne convenait pas du tout à Elfa.

La duchesse s'intéressait trop aux jardins pour trouver le temps de surveiller ses filles. Celles-ci jouissaient d'une grande liberté, en particulier pour le choix et l'achat de leurs robes.

Caroline possédait de nombreuses toilettes achetées à Londres mais Elfa, hormis deux robes achetées pour sa présentation à la cour, se contentait des services de Mrs Banks, la couturière d'Allerton Towers.

Au fil des ans, Mrs Banks était devenue fort habile à copier les toilettes du *Journal des Dames*, ou même celles des invitées.

Elle se glissait dans leurs chambres en leur absence et s'inspirait de ce qu'elle y voyait pour habiller Caroline et, plus tard, Elfa.

– Lady Ellen possède une très belle robe qui vient de Paris, de chez Worth, milady, avait-elle confié à Elfa, trois mois auparavant. Faites venir de Londres le tissu et tout ce qu'il faut : je la copierai. On jurerait qu'elle a été faite pour vous.

Mrs Banks avait raison. Elfa fut immédiatement séduite par l'imagination et le talent qui avaient inspiré Worth dans sa création. Elle se fit envoyer de Londres de la soie, du tulle, de la mousseline et Mrs Banks copia plusieurs robes de lady Ellen.

Pour son entrevue avec le duc, Elfa portait une toilette qui flottait autour de sa silhouette élancée. Les robes choisies par sa mère l'enveloppaient au contraire comme un paquet, sans la moindre grâce.

Elle répéta :

– Merci...

Impossible de douter de sa sincérité, elle s'exprimait avec l'élan spontané d'un enfant. Le duc ne répondit pas tout de suite. Il contemplait cette chevelure à l'éclat ardent et étrange, qui n'avait nul besoin d'une tiare en diamants pour retenir le regard. Enfin, il remarqua, non sans humour :

– Je n'aurais jamais cru qu'on en viendrait un jour à me remercier de n'avoir pas demandé la main d'une femme !

– Mais je vous remercie, au contraire, d'avoir demandé ma main, à moi !

– Voulez-vous que je le fasse dans les formes ?

– Bien sûr ! J'inscrirai cela dans mon journal, pour la postérité !

Il répliqua sans aucune douceur :

– Vous vous moquez de moi, n'est-ce pas ? Je vous

préviens, voilà une habitude qu'il vous faudra perdre!

– J'ai tellement besoin de rire! Si vous aviez vu le bouleversement causé par votre visite, vous aussi, vous auriez envie de rire!

– Votre sœur a vraiment la migraine?

– Non! Non! Et elle a paru si heureuse, si radieuse, quand je lui ai appris combien vous vous étiez montré compréhensif! C'est bien simple, j'ai craint un moment que mon père ne s'en aperçoive!

– Ma foi! Dites ce que vous voulez, je ne peux m'empêcher de trouver cette situation blessante pour moi!

– Vous n'allez pas en faire une affaire personnelle! Caroline ne vous connaît même pas! Tout ce que vous vouliez, c'était Magnus Croft, et vous l'avez.

– Et une épouse par-dessus le marché.

– Je vous avais prévenu que c'était là le mauvais côté de l'affaire.

– Mais vous avez aussi promis de faire l'impossible pour que je ne regrette pas mon choix... si je puis employer ce mot!

Elfa devint sérieuse :

– C'est vrai que vous ne m'avez pas choisie. Je m'en souviendrai, et il est vrai aussi que j'ai promis de faire de mon mieux. Vous me direz ce que vous attendez de moi. A propos, j'ai toujours désiré assister à l'une de vos réceptions. Elles doivent être tellement plus amusantes que les nôtres!

– Pourquoi? Et qu'en savez-vous?

– Vos réceptions choquent beaucoup maman. Elles doivent donc être très drôles et très agréables.

Le duc ne put s'empêcher de rire :

– Je vois! Mais j'ai bien peur que le genre de réceptions auxquelles vous faites allusion ne puissent plus avoir lieu, après mon mariage!

– Oh! Quel dommage! Si vous avez l'intention de « tourner la page », comme on dit, je préfère vous avertir : la plupart des gens, dans le comté, sont vieux, solennels, prosaïques et tout à fait ennuyeux!

Le duc ne put s'empêcher de rire :

– Dans ce cas, Elfa, si nous sommes condamnés à ne voir que ces gens-là, peut-être vaudrait-il mieux nous installer à Londres!

Comme la jeune fille ne répondait pas, il insista :

– Eh bien? A quoi pensez-vous?

– Je me demandais... Vous m'appelez par mon nom de baptême. J'aimerais bien connaître le vôtre!

– C'est juste! Je m'appelle Henry Frédéric Silvanus et, comme vous, on ne retient que mon dernier prénom.

Elfa le dévisageait, stupéfaite :

– Silvanus?

– Mais oui... C'est peu courant, je le reconnais. Cela ne vous plaît pas?

– C'est le dieu des arbres!

– Ah! Vous savez cela?

– Bien sûr! J'aime tant les arbres! Silvanus est un dieu différent des autres. Je me sens proche de lui.

Elle s'exprimait avec émotion. Le duc, surpris, ne songeait plus à faire de l'esprit.

– Je n'y avais jamais songé. Ma première gouvernante m'a enseigné des éléments de mythologie classique et, plus tard, j'ai appris le grec à Oxford, mais c'était plutôt difficile!

– J'aurais tellement voulu l'apprendre! Mais selon papa, c'est inutile pour une femme. Silvanus est un dieu romain. Il est vrai que beaucoup de leurs dieux étaient empruntés aux Grecs.

– Si tout cela vous intéresse tant, vous pourrez vous en occuper après notre mariage.

– J'aimerais apprendre le grec, par exemple, et aussi voyager!

– En Grèce, j'imagine?

– C'est vrai, j'aimerais y aller, mais je voudrais aussi connaître le Caucase. On dit que les arbres y sont immenses, très vieux, et qu'ils comptent parmi les plus beaux du monde.

La voix d'Elfa était devenue rêveuse; la jeune fille en oubliait la situation présente, et même son interlocuteur.

– Le moment ne me semble pas très favorable pour visiter le Caucase. Mais si vous aimez tant les forêts antiques, je vous recommande l'Australie et la Forêt-Noire.

Elfa revint sur terre :

– Je suis sûre que ces endroits ne plairaient pas à Votre Grâce. Mais on dit que les bois de Chester House sont les plus beaux de la région.

– Je ne connais pas les vôtres et il est tout naturel que j'admire les miens, vous ne croyez pas?

Les fossettes d'Elfa se creusèrent :

– Je comparerai, moi, et je vous dirai la vérité!

– Oh! Attention. Ma femme devra montrer beaucoup de tact à mon égard! Elle devra également apprendre à me donner toujours raison!

Elfa hocha la tête :

– Je ne crois pas! Vous êtes quelqu'un d'impérieux, de puissant, qui se plaît aux discussions, aux obstacles à surmonter, aux bagarres, même, pour démontrer qu'il est le plus fort. Une admiration béate ne vous conviendrait pas du tout!

– Par exemple! Comment pouvez-vous savoir des choses pareilles?

Elfa parut confuse, comme si on la surprenait en flagrant délit d'indiscrétion :

– Je... Je devine, voilà tout!

– Et à présent vous mentez! Quelqu'un vous a-t-il parlé de moi, et dans les termes que vous venez d'employer?

– Non... Je n'ai jamais rien entendu de pareil, je vous assure.

– Alors, pourquoi avez-vous dit cela?

Elle hésita, ignorant si elle pouvait lui faire confiance ou s'il allait se moquer d'elle. Impatienté, il ordonna :

– Répondez-moi, Elfa !

Elle leva vers lui des yeux à l'expression enfantine et pourtant, il devina en elle, à cet instant, quelque chose de beaucoup plus mûr.

– C'est.. C'est un instinct.

– Vous vous imaginez donc que je suis comme ça ?

– Non. Je le sais !

– Voyons, c'est impossible ! Comment pourriez-vous le savoir ? Quelqu'un a dû vous parler de moi. Vous ne me connaissez pas du tout !

– Je sais des choses, comme ça, sur les gens. Je ne peux pas expliquer comment, mais je ne me trompe jamais.

Au moins, elle réussissait à retenir l'attention de son futur époux !

– Et... que savez-vous d'autre sur moi ?

– Rien, pour le moment. Ce que je sais sur les gens me traverse l'esprit, comme ça, dans un éclair de lumière. Mais je ne peux pas le provoquer à volonté.

Quelle étrange conversation avec une jeune fille qu'il rencontrait seulement pour la seconde fois !

– Je pense qu'il serait convenable que nous rentrions à la maison. Nous avons eu tout le temps nécessaire pour que je vous demande et que vous m'accordiez votre main.

– Oh ! J'ai été trop bavarde ! J'aurais tant voulu transcrire vos paroles exactes dans mon journal !

– Vous en tenez vraiment un ?

– A vrai dire... ce n'est pas tout à fait un journal.

– Qu'est-ce que c'est ?

– Il m'arrive d'écrire des poèmes. Et puis, aussi, je note les mots, les phrases qui signifient quelque chose d'important pour moi.

– C'est probablement ce qu'on peut attendre d'un elfe!

Vivement, elle répliqua :

– Ou d'un dieu des arbres!

Il éclata de rire :

– Je n'ai pas écrit de poèmes depuis mes dix-huit ans, la première fois où j'ai été amoureux!

– Vraiment? Comment était-elle?

– C'était une actrice qui jouait le rôle de Juliette dans une tournée qui passait à Oxford. Pour moi, c'était la plus jolie femme du monde. Je me suis rendu au théâtre tous les soirs, pendant une semaine. Puis j'ai réuni tout mon courage et suis allé dans sa loge.

– Et qu'est-il arrivé?

– Ce qui arrive toujours dans la vie... J'ai perdu mes illusions!

– Pourquoi?

– C'était une actrice pleine d'expérience, qui n'avait plus l'âge de Juliette. Elle avait quarante ans passés et, à la ville, sans maquillage, elle les paraissait bien!

– Alors, vous avez déchiré tous vos poèmes. Mais au fond de votre cœur, ils vivent toujours.

Le duc faillit une fois encore lui demander comment elle avait deviné une chose aussi intime. Mais c'eût été révéler sur lui beaucoup plus qu'il ne le souhaitait.

– Jusqu'à aujourd'hui, j'avais tout oublié, je vous assure, de mes bêtises d'adolescent! Je suppose que j'ai noyé mon chagrin dans l'alcool!

Ils regagnèrent la maison où les parents d'Elfa les attendaient. Elfa, qui les connaissait bien, devina qu'en leur absence, ils avaient parlé abondamment de leur futur mariage. Quand Lynchester prit congé, son père ne put dissimuler son désappointement. Le jeune homme expliqua :

– Des invités m'attendent. Ensuite, je dois me rendre à Londres, mais j'espère que nous nous reverrons très prochainement.

– Souhaitez-vous que je me charge d'annoncer vos

fiançailles aux journaux, ou préférez-vous le faire vous-même? demanda Northallerton.

– Je vous serais très reconnaissant de vous en occuper. Dès notre prochaine rencontre à la Chambre des pairs, nous pourrons fixer la date du mariage.

Mais, en prononçant ces paroles, il se souvint que, s'il voulait chasser bientôt à Magnus Croft, il serait urgent de confier le terrain à ses gardes.

– Des corneilles, des pies, des hermines, des écureuils! Voilà ce qui pullule à Magnus Croft, Votre Grâce! s'était lamenté son premier garde-chasse. On n'a jamais vu ça! Nous, nous détruisons les animaux nuisibles, mais eux ne font rien! Nous perdons des dizaines de faisans et des couvées entières! Les corbeaux viennent tuer nos jeunes oiseaux et les gardes d'Allerton Towers s'en soucient comme d'une guigne!

Alors, pourquoi retarder la cérémonie? Le plus tôt serait le mieux! En vérité, il mourait d'envie de reprendre possession de ses bois.

– Je viens de penser à une chose! dit-il. Si nous célébrons le mariage à la campagne, ce que nous préférons tous, j'en suis sûr, il vaudrait mieux choisir la saison d'été, quand les jardins sont dans toute leur splendeur.

Il n'usait pas de cet argument au hasard : il savait que ce faisant la duchesse prendrait son parti.

– Bien sûr! approuva celle-ci aussitôt. J'ai toujours pensé que les roses convenaient mieux à un mariage que tous ces lys blancs!

– Très bien, alors, choisissons l'été, convint son mari. Mais les gens vont trouver que nous nous pressons beaucoup! (Il regarda pensivement Lynchester :) J'ai dans l'idée que vous avez envie de chasser à Magnus Croft, cet automne!

– La pensée m'en est venue! admit le jeune duc.

Northallerton se mit à rire. Il avait retrouvé sa bonne humeur.

– Si vous m'invitez, je serai curieux de voir comment vous vous en tirez. J'ai toujours trouvé que les oiseaux volaient trop bas sous le couvert, excepté à Bath Wood, où ils volent trop haut pour qu'on les atteigne.

– J'essaierai, soyez-en certain, de faire un beau tableau de chasse. Ainsi, nous fixons le mariage au début de juillet? Beaucoup de gens auront quitté Londres, à ce moment-là.

La duchesse calculait les diverses étapes de la floraison.

– Il vaudrait mieux choisir la dernière semaine de juin, décida-t-elle.

– Très bien! Nous pouvons certainement nous organiser pour cette date, et je suis prêt à abandonner le soin des préparatifs à la compétence de Votre Grâce.

Il s'inclina avec élégance sur la main de la duchesse, désormais conquise.

Elfa songea que la seule personne qu'on ne songeait pas à consulter, c'était elle, la future mariée!

Puis elle rêva aux bois de Magnus Croft. Personne ne savait mieux qu'elle combien ils avaient été négligés par les gardes-chasse d'Allerton.

Mais elle ne s'en plaignait pas : ils étaient devenus assez sauvages pour lui plaire. Quand elle parvenait à échapper à la surveillance de son père et à se promener seule, elle s'y rendait, enchantée par la multitude des animaux qui y vivaient.

Elle savait bien que ces animaux étaient de ceux que les gardes-chasse jugent nuisibles et qu'ils traquent sans pitié, partout ailleurs. Et en effet ces indésirables détruisaient les œufs et les oisillons. Il n'existait plus un seul oiseau chanteur dans les bois de Magnus Croft!

N'importe, elle aimait leur sauvagerie, et la solitude de ces futaies. Hélas, il ne lui restait que peu de temps pour en jouir.

« Il faudra que je me lève tôt, demain matin! songea-t-elle, avant que papa puisse se rendre compte que j'ai désobéi en partant seule à cheval... »

Cependant le duc, accompagné par son futur beau-père, se dirigeait vers le hall. Elle suivait les deux hommes jusqu'à la porte d'entrée. Là, Lynchester lui prit la main :

– Au revoir, Elfa. J'espère vous revoir bientôt.

– Ce sera sans doute inévitable, Votre Grâce, répliqua-t-elle, non sans une pointe de malice.

Que voulait-elle dire? Il remarqua dans ses yeux une petite lueur. Ce serait inévitable pour elle, ou pour lui? Pensait-elle qu'il souhaitait l'éviter ou était-ce qu'elle n'avait guère envie de le revoir?

Il regagna son équipage, préoccupé par cette incertitude. En se retournant, il la vit, près de son père, silhouette élancée nimbée de vert. Elle n'était pas à sa place dans le cadre austère de cette grande maison grise.

« Elle appartient à la nature... » songea-t-il.

Aussitôt, il se reprocha une pensée aussi romanesque et qui frisait le ridicule. Mais il ne parvenait pas à se débarrasser du souvenir d'Elfa. On ne pouvait sans doute pas la comparer à sa sœur aînée, si la réputation de beauté de Caroline était justifiée. Pourtant, elle retenait l'attention, à sa façon.

Il se remémora leurs propos. Elle lui semblait mystérieuse, certes, mais sincère. Elle ne cherchait pas à jouer un rôle, à se créer un personnage. Elle disait simplement ce qu'elle pensait.

« C'est pourtant curieux! pensait-il. Northallerton et sa femme forment un couple tout à fait ordinaire. Comment peuvent-ils avoir mis au monde une fille aussi bizarre, aussi différente d'eux? »

Ah! Oui! Elfa lui avait fourni l'explication! Son père prétendait qu'elle était un « changeling », un bébé substitué par les fées à un nourrisson humain.

« C'est absurde! »

Pourtant, il ne put s'empêcher de rêver, un long moment, à de vieilles superstitions, à des contes de bonnes femmes qui lui rappelaient son enfance.

Il se secoua.

« Quand je la connaîtrai mieux, je la trouverai aussi banale, aussi ennuyeuse que les autres femmes de ma connaissance ! »

Ainsi, il était parti pour demander la main de Caroline, et il revenait fiancé à Elfa...

Cette pensée l'amusa : peu lui importait, après tout, car Magnus Croft lui revenait. Là était le point important, comme l'avait fort bien souligné la jeune fille.

Il évoqua leur première rencontre, au milieu du chemin, et sa proposition de l'épouser, elle, plutôt que sa sœur. Non, vraiment, elle ne ressemblait à personne !

Brusquement, une étrange sensation traversa son esprit : celle d'un monde inconnu, auquel il ne croyait pas, qui ne pouvait pas exister et qui, pourtant, constituait le véritable univers d'Elfa.

Pensée troublante, inexplicable, et qu'il résolut d'oublier.

4

Elfa quitta sa chambre et descendit l'escalier pour rejoindre son père qui l'attendait dans le hall.

Allait-il remarquer à quel point sa toilette de mariée n'était pas conventionnelle? Non, sans doute! Il regrettait toujours de ne pas marier Caroline au duc de Lynchester. Il ne prêterait aucune attention à son apparence.

Elle s'était rendue à Londres avec sa mère pour y acheter son trousseau, bien décidée à ne choisir que les robes qui lui conviendraient et non celles qu'il était convenu de trouver dans la corbeille d'une mariée.

Comme promis elle prenait très au sérieux son rôle de duchesse et y avait beaucoup réfléchi.

Les amis du duc, elle n'en doutait pas, se montreraient surpris par son choix. La beauté, désormais célèbre, de Caroline n'arrangeait rien : tout le monde se demanderait pourquoi il avait demandé la main de la cadette, quand l'aînée semblait née pour devenir duchesse et briller à Chester House et dans le monde.

On en parlerait, ce serait l'objet de commérages et de commentaires à n'en plus finir.

Elfa n'en faisait pas une histoire d'amour-propre. Elle ne pensait pas à elle-même, mais à Caroline.

Leur père ne se consolait pas du choix de Lynchester. S'il apprenait que le brillant mariage de la cadette défrayait la chronique mondaine, il pourrait bien se mettre en tête de chercher pour l'aînée un parti tout aussi flatteur.

Il n'oubliait pas sa déception et faisait supporter à Caroline, autant qu'aux autres, le poids de sa mauvaise humeur.

Cela en devenait même inquiétant. Que se passerait-il, le jour où Edouard Kalkirk se croirait autorisé à demander la main de Caroline ? Elfa était décidée à les aider, mais comment ?

Pour commencer, il ne fallait pas que l'opinion publique s'empare de la chose et prétende que la jeune Elfa n'était pas la femme que Silvanus aurait dû épouser pour en faire une duchesse de Lynchester.

Les fournisseurs les plus élégants se disputaient déjà les commandes nécessitées par un mariage aussi brillant. Premier point pour en arriver là où le voulait Elfa : tenir sa mère à l'écart des préparatifs.

– Maman, vous n'allez pas perdre votre temps à vous occuper de moi ! Vous devriez visiter les jardins de Kew et leurs nouvelles plantations. Il y a aussi, en ce moment, des expositions de fleurs qui pourraient vous intéresser.

La duchesse céda sur-le-champ. Elle prit soin d'ordonner à sa fille de ne jamais sortir sans se faire accompagner par sa femme de confiance, puis elle courut assouvir sa passion.

Elfa, aussitôt, décommanda les robes choisies par sa mère pour imposer ses propres goûts.

La robe de mariée lui posait un problème quasiment insoluble, car elle souhaitait ne pas se marier en blanc.

Elle finit par rencontrer une jeune couturière qui avait travaillé chez Worth, à Paris. Elle avait appris de lui l'art de dessiner des modèles en respectant la personnalité de ses clientes. Elle conçut une toilette étonnante, qu'Elfa seule pouvait oser porter.

Rencontrant son fiancé à une réception donnée en leur honneur, Elfa lui demanda :

– Voulez-vous me faire un cadeau?

– Bien sûr! Mais, si vous souhaitez une parure d'émeraudes pour l'assortir à votre bague, c'est inutile. Vous en trouverez une magnifique dans l'écrin des Lynchester.

– Non, il ne s'agit pas de cela!

Quelle surprise fut la sienne quand elle reçut, au lieu du traditionnel diamant, une magnifique émeraude comme bague de fiançailles! Comment le duc avait-il pu deviner qu'elle n'aimait guère les diamants, mais qu'elle raffolait de la couleur des émeraudes?

– Comment avez-vous su que j'avais envie d'une émeraude?

– Je ne suis pas tout à fait aussi stupide que vous semblez le croire!

Comme elle levait les yeux vers lui, il remarqua de profonds reflets verts dans ses yeux.

Pour en revenir au cadeau qu'elle souhaitait, Elfa déclara :

– Je ne demande rien d'aussi coûteux qu'un bijou! Je voudrais recevoir mon bouquet de mariée de vos mains.

Surpris, il attendit ses explications.

– Papa a donné ses ordres à nos jardiniers et ce sera terrible! Ils vont me fabriquer une gerbe si énorme que je disparaîtrai sous les fleurs!

– Que voulez-vous, alors?

– J'ai envie d'un bouquet d'orchidées vertes. Vous comprenez, le seul moyen de refuser la gerbe de nos jardiniers, serait un bouquet envoyé par vos soins! Vous avez sûrement ce genre de fleurs dans vos serres.

– Je l'ignore, mais s'il n'y en a pas, j'en enverrai chercher à Londres. Vous aurez votre bouquet.

– Merci.

Le duc songea que c'étaient là d'étranges fleurs, pour

une mariée, mais il ne se permit aucun commentaire.

Et aujourd'hui, tenant dans les mains ses orchidées, Elfa descendait les dernières marches menant au hall où son père, impatient, faisait les cent pas. La jeune fille aperçut son propre reflet dans un grand miroir placé au bas de l'escalier.

Sa robe, d'un chic très parisien, n'était pas blanche, mais couleur d'argent, et parsemée d'éclats de diamant qui étincelaient à chacun de ses mouvements. Elle ressemblait à quelque nymphe qui, abandonnant les alentours du lac, serait venue se mêler aux humains.

Son voile se composait d'une dentelle d'argent créée par Worth pour l'impératrice Eugénie, quelques années plus tôt.

A la place de la tiare que sa mère tenait à sa disposition, Elfa avait choisi une légère couronne de fleurs d'argent, portant chacune un éclat de diamant à la place du cœur.

Le problème des demoiselles d'honneur avait soulevé de longues discussions. Elfa avait remporté la victoire : elle n'aurait pas de service d'honneur.

– Caroline est plus grande que moi. Elle choisira des filles de sa taille pour le cortège, et je serai ridicule. Et puis, quand on la verra dans ce rôle, on se souviendra qu'elle aurait dû se marier avant moi!

Ce dernier argument fut décisif, mais il ramena l'attention désolée du duc sur ce fait affligeant : sa fille aînée, sa préférée, aurait un titre inférieur à la cadette!

Elfa descendit les dernières marches.

– Venez donc! s'exclama son père. Vous êtes en retard, naturellement! Nous devrions déjà nous trouver à l'église!

– Un marié doit attendre...

– Ne soyez pas stupide! Et, si vous voulez mon avis, ne faites pas trop attendre Lynchester! Il pourrait bien changer d'idée et rentrer chez lui! Que feriez-vous alors?

– Je reviendrais vivre à la maison avec vous, papa! Et vous garderiez Magnus Croft! lança Elfa, malicieuse.

Mais le duc n'avait aucune envie de rire. Il prit le bras d'Elfa et l'entraîna vivement vers le landau qui attendait.

C'était un carrosse magnifique, que le duc utilisait pour le défilé solennel lors de l'ouverture du Parlement. Les villageois apprécieraient le spectacle qu'il offrait, avec les laquais en grande livrée debout à l'arrière, et les plumets blancs qui se balançaient sur la tête des chevaux.

Dans la voiture, un valet de pied disposa aux pieds d'Elfa la longue traîne de sa robe. La portière claqua et ils partirent vers la petite église de style normand qui se dressait en face de la grille d'honneur.

Elfa, d'un geste affectueux qui ne lui était pas familier, prit la main de son père et la porta à ses lèvres.

– Cela m'attriste de quitter la maison... J'ai eu une enfance très heureuse, papa, et je vous en serai toujours reconnaissante.

Le duc parut surpris.

– Vous êtes une étrange fille, Elfa. Je ne prétends pas vous avoir toujours très bien comprise. Mais je suis fier de la haute position que vous allez occuper.

– Tant mieux, papa!

– Lynchester se conduira convenablement avec vous. Il a eu une jeunesse turbulente, c'est vrai. Mais c'est un gentleman et vous ne regretterez pas de l'avoir épousé.

– Je l'espère, papa.

– De votre côté, tâchez de vous tenir convenablement. Pas d'histoires ridicules, ni de scènes hystériques. Un mari a des droits. Vous n'avez qu'à accepter ce qu'il vous demandera, ce soir.

Un silence. Puis Elfa, déconcertée, questionna :

– Que voulez-vous dire, papa?

Nouveau silence. Le duc s'enquit enfin :

– Votre mère vous a parlé des réalités du mariage, je suppose?

– Non, papa.

Il parut exaspéré :

– Eh bien, elle aurait dû le faire! C'est tout à fait ridicule de vous laisser dans l'ignorance! Elle s'est imaginé que vous étiez au courant!

– Au courant de quoi, papa?

Devant cette question, le duc resta à court de mots.

Les chevaux franchissaient la grille et ils arrivaient en vue de l'église, quand il reprit :

– Ma foi, Lynchester n'aura qu'à vous fournir ses propres explications! Dieu sait que l'expérience ne lui manque pas! Quant à vous, contentez-vous de faire ce qu'il vous dira. Comprenez-vous?

Elfa n'eut pas le temps de répondre et de toute façon, son père n'aurait pas pu l'entendre.

Dès que le carrosse sortit du parc, une foule de paysans et d'employés des deux domaines se mit à l'applaudir et à l'acclamer. Lorsqu'il s'arrêta, le bruit devint assourdissant.

Cette église de campagne ne pouvait contenir que les parents et quelques amis. Il était convenu que les gens dépendant des deux maisons ducales assisteraient à l'arrivée de la mariée et à son entrée dans l'église.

Un grand banquet avait été organisé à leur intention dans une prairie au-dessous d'Allerton Towers. On y avait dressé une grande tente, des tables sur des tréteaux, et on avait prévu assez de nourriture et de barils de bière pour les maintenir en belle humeur, bien après le départ des jeunes mariés.

Elfa descendit de carrosse devant cette foule. Des exclamations d'étonnement fusèrent à la vue de sa toilette.

Elle sourit à travers son voile : elle connaissait beaucoup de fermiers et de paysans, mais ne ressentit rien de cette timidité que l'on s'attend à trouver chez une jeune mariée.

Pourtant, elle se souvenait de ce que son père avait tenté de lui dire dans le carrosse. Ce mystère lui parut si surprenant qu'elle décida de n'y plus penser, au moins jusqu'à la fin de la cérémonie.

Dans l'église, la foule se pressait à s'étouffer. Elfa remarqua la présence de certains parents, fort en froid avec son père, mais qui s'étaient dérangés pour son mariage, pour l'unique raison qu'elle épousait un duc.

Enfin, elle découvrit son fiancé au pied de l'autel. Jamais futur marié ne fut d'une si grande beauté et d'une si fière mine, mais jamais non plus qui parût tant s'ennuyer.

Il la regarda s'avancer vers lui, au bras de son père. Une lueur d'amusement apparut dans ses yeux à la vue de sa toilette et il comprit pourquoi la jeune fille avait souhaité cet insolite bouquet de mariée.

L'évêque du diocèse, assisté de trois clergymen, présidait à la cérémonie, qui fut longue et imposante, comme il se devait pour un couple aussi brillant.

La chorale de Lynchester s'était jointe à celle de Northallerton. Les choristes occupaient toutes les stalles du chœur. Les petits garçons chargés de tourner les pages pour les principaux chantres se voyaient menacés d'étouffement. Mais selon l'avis d'Elfa, cette foule chantait avec plus d'énergie que de goût.

Enfin, l'évêque les bénit. Le duc offrit son bras à son épouse et ils gagnèrent la sacristie, pour y signer le registre. Une foule de parents se précipita sur leur trace.

Caroline souleva le voile d'Elfa et l'épingla au-dessus de son front.

– Maman est furieuse depuis qu'elle a découvert ta robe ! chuchota-t-elle.

– Je m'en doutais bien! Tant pis, elle ne peut plus rien y faire!

Caroline sourit. Elle avait tant d'éclat qu'Elfa se demanda si le duc n'allait pas regretter son choix, en contemplant la beauté de sa sœur. Ce n'était pas la première fois qu'elle se posait la question.

Le jeune homme fit la connaissance de Caroline lors du dîner de famille. Elfa qui l'observait, aperçut sur son visage l'admiration devant une pareille perfection.

Cependant, Caroline devait son éclat au bonheur qu'elle éprouvait, à son amour pour Edouard. Si l'on avait contraint Caroline à devenir la femme de Lynchester, celui-ci n'eût obtenu que des larmes, du chagrin, et du désespoir.

Le nouveau marié quitta la sacristie aussi vite qu'il le put. Au-dehors, la foule qui les attendait les acclama. Puis ils montèrent dans une voiture découverte, sous une pluie de pétales de roses et de grains de riz.

– S'il y a une chose que je déteste, fit le duc tandis qu'ils commençaient à rouler, c'est bien de recevoir des grains de riz en pleine figure! Ça pique!

Elfa éclata de rire :

– C'est la première fois que cela vous arrive, n'est-ce pas? Et vous ne referez jamais cette pénible expérience, à moins que je n'aie un accident et que je ne meure à la fleur de l'âge!

– J'espère bien que cela n'arrivera pas!

Simple formule de politesse. Le duc pensait à autre chose. Elfa songea, avec un pincement au cœur que, si elle mourait, il pourrait se marier à son goût, en gardant Magnus Croft.

« Voilà le genre de considérations à éviter, le jour de son mariage! » Elfa posa son bouquet sur le siège en face d'elle.

– Merci pour les orchidées. Vous comprenez maintenant pourquoi je ne voulais pas d'une énorme gerbe?

– Votre toilette est très originale, comme tout ce qui vous concerne!

– J'espère qu'elle vous plaît? D'après Caroline, maman est furieuse. Je me suis arrangée pour la commander sans qu'elle en sache rien.

Il sourit :

– Savez-vous, Elfa, que vous commencez à m'éffrayer? J'ai l'impression que, de gré ou de force, vous arrivez toujours à vos fins et que vous n'êtes pas très regardante sur le choix des moyens! Perspective un peu inquiétante pour un mari, non?

– Je ne suis pas du tout comme ça! Je voulais seulement que vous soyez fier de moi!

– Je le suis, croyez-le.

– Vous n'auriez pas du tout aimé la robe que maman avait choisie, je vous assure!

Allerton Towers était en fête. Ils pénétrèrent dans la salle de bal, décorée de guirlandes de fleurs blanches. Des gerbes de lys entouraient le dais sous lequel ils prirent place pour recevoir leurs invités.

Le maître d'hôtel annonça avec solennité les arrivants. Sa voix, naturellement grave, résonnait ce jour-là comme un gong, chaque fois qu'il citait un nouveau nom.

Les parents de Lynchester défilèrent les premiers. Ils se montrèrent affectueux avec le duc et réservés avec Elfa. Combien, parmi eux, connaissaient le véritable motif de cette union?

Puis les dignitaires du comté s'avancèrent. Enfin ce fut le tour des amis de Londres qui séjournaient dans les environs.

– Lord et lady Dewhirst! tonna le maître d'hôtel.

Une très jolie femme tendit ses mains au duc :

– Silvanus! Je souhaite que vous soyez très, très

heureux! Qui pourrait le souhaiter plus que moi, très cher?

– Merci! fit le duc sans s'émouvoir, en lui baisant la main.

« En voilà une! » pensa cyniquement Elfa, enveloppée par le regard critique et glacé de cette dame ravissante qui était, de toute évidence, l'une des anciennes maîtresses de son mari.

– Le comte et la comtesse de Walshingham!

Ce nom, Elfa l'attendait, quoique incertaine de sa venue. La comtesse préférerait peut-être éviter de se montrer à cette fête.

Elle était là! Elfa lui trouva quelque ressemblance avec Caroline. Blonde comme elle, mais avec des yeux bleus beaucoup plus malicieux.

Sa toilette, d'une élégance somptueuse, ne laissait aucun doute sur son désir d'écraser ses rivales.

Vêtue, de la tête aux pieds, d'un bleu assorti à ses prunelles, la comtesse étincelait de diamants. Ils lançaient leurs feux à son cou, à ses oreilles, sur ses doigts, sur sa gorge et recouvraient le corsage de sa robe.

Elle s'adressa au duc, tout particulièrement, et d'une voix tendre qui évoquait leur intimité :

– Mon cher, cher Silvanus! Je suis venue vous dire ma certitude que nous ne pourrons jamais nous oublier! Pas plus ce soir que dans l'avenir!

Le duc, impassible, baisa ses doigts sans lui répondre. Puis elle se tourna vers Elfa.

Il ne restait plus trace de tendresse dans ses yeux, durs et attentifs. Elfa comprit que cette femme pouvait se révéler dangereuse. La comtesse ne dit pas un mot et évita de tendre la main vers la jeune femme, qui paraissait si menue auprès de son mari.

Tandis qu'elle examinait Elfa, sa bouche s'incurva en une moue de mépris. Le duc, occupé à répondre aux félicitations du comte de Walshingham, ne remarqua rien. Elfa comprit qu'elle venait de rencontrer une ennemie et que la guerre, entre elles, était déclarée.

La réception dura longtemps. Enfin, les mariés se rendirent sous la grande tente dressée dans le pré. Ils y reçurent les félicitations enthousiastes et bruyantes de tout le personnel : la bière avait coulé à flots.

Le duc fit un petit discours qui fut fort bien accueilli. Certains riaient si fort qu'on s'attendait à les voir rouler sous leurs bancs.

On porta des toasts à leur santé, on chanta, on leur souhaita bonheur, longue vie, prospérité...

Ils quittèrent la tente, se dirigèrent vers leur voiture, arrêtée devant le perron, et prirent congé de leurs invités.

Le duc, avec l'approbation d'Elfa, avait décidé de passer la nuit à Chester House, la journée du lendemain promettant d'être fatigante. Au matin, ils partiraient sans se presser pour un pavillon de chasse qu'il possédait, dans le Leicestershire.

– J'ai des chevaux, là-has, et je pense que vous les monterez avec plaisir. Nous y préparerons une course avec obstacles, dont je suis le fondateur et qui est certainement plus difficile que le Grand National.

– En effet, cela me plaira!

Elle croyait bien deviner qu'il pensait davantage à son entraînement, à lui. Mais après tout, mieux valait se rendre dans un endroit où il aurait des sujets d'intérêt.

Le duc, réduit à la seule compagnie de son épouse, se serait ennuyé, s'ils avaient entrepris le traditionnel voyage de noces en Italie.

Sans le vouloir, il confirma ses doutes :

– Puisque nous allons dans le Leicestershire, j'inviterai mon ami Harry Seldon. C'est un magnifique cavalier et nous pourrons participer à un steeple-chase local.

– J'aimerais beaucoup y assister!

Elle avait eu bien peu d'occasions de s'entretenir avec son fiancé, depuis le jour de sa demande en mariage.

A Londres, on avait organisé des réceptions et des bals en leur honneur. A Allerton House, à Londres, ou à Allerton Towers, le jeune duc assistait à des dîners de famille, mais n'y faisait que de brèves apparitions. Elfa, qui s'y ennuyait ferme, ne songeait pas à l'en blâmer.

Il en résulta pourtant qu'elle le connaissait aussi peu, le soir de son mariage, que ce jour où elle avait arrêté sa voiture, sur les confins de leurs propriétés respectives.

Entre Allerton Towers et Chester House, le chemin n'était pas long. Ils étaient si fatigués, tous les deux, d'avoir serré des mains et répondu à des vœux de bonheur qu'ils n'éprouvaient aucun désir de se parler.

Depuis leurs fiançailles, Elfa s'était rendue deux fois à Chester House. C'était, à son goût, une demeure charmante, plus ancienne et plus harmonieuse qu'Allerton Towers.

La première fois, la beauté des proportions de la maison l'avait séduite mais, surtout, la forêt qui l'enchâssait de toutes parts, comme un joyau, l'avait émerveillée.

Elle eût aimé s'enfoncer dans ces bois profonds, anciens, célèbres dans toute la région, avec leurs mystères, leurs légendes. Ces vieux arbres majestueux lui faisaient signe.

Il fallait patienter, pourtant. Elle reporta son admiration sur les tableaux du salon, le célèbre escalier d'ébène et de cristal et sur une profusion d'objets précieux – porcelaines de Chine, vases grecs, statues –, qui abondaient dans toutes les pièces.

Elfa admirait, sincèrement, mais, malgré elle, ses yeux recherchaient, à travers les fenêtres, ces arbres qui veillaient sur Chester House et qui lui adressaient leur appel magnétique.

La voiture tourna autour de la pelouse. Le duc soupira :

– J'ai bien peur d'avoir encore une corvée à vous imposer! Je dois vous présenter tout le personnel de la maison. Ensuite, nous pourrons dîner et remercier Dieu : les obligations seront terminées!

Elfa sourit avec bonne grâce. Cette ultime cérémonie lui semblait facile. Néanmoins, il lui fallut serrer des mains pendant une demi-heure et elle suivit avec soulagement la femme qui la guidait vers sa chambre.

Sa chambre à coucher était d'une magnificence écrasante. Depuis toujours, cette pièce formidable revenait à la duchesse de Lynchester en titre.

Sa décoration actuelle était française. Un grand lit Louis XIV à baldaquin trônait au centre. Pour le reste, les murs bleu et or, les tapis, les meubles gracieux, légers, tout était XVIIIe, jusqu'aux tableaux. Elfa eut l'impression d'évoluer dans un tableau de Fragonard.

Deux femmes de chambre l'aidèrent à retirer sa robe de mariée. Elle revêtit son plus joli négligé et fut heureuse de s'allonger sur une chaise longue, en attendant son bain.

Elfa eut enfin le loisir de songer à l'étrange conversation qu'elle avait eue avec son père, sur le chemin de l'église.

Le duc de Northallerton lui avait demandé si sa mère l'avait avertie des réalités du mariage.

Qu'avait-il voulu lui dire?

Il lui avait recommandé de ne pas faire de scènes ridicules, la nuit venue, de laisser son mari agir comme il le désirait...

Ces propos, qu'elle avait écartés de son esprit, revenaient maintenant avec force, pour l'obliger à se poser des questions. Il fallait essayer de les comprendre.

Elle était mariée avec le duc et décidée à jouer le mieux qu'elle le pourrait son rôle de duchesse : recevoir ses invités, accepter toutes les obligations officielles que comportait un tel rang, tous les ennuis, aussi. Présence aux cérémonies de la cour ou du Parlement, présidence d'innombrables comités, participation à des fêtes, à des inaugurations, à des œuvres sans nombre... Elle connaissait tout le poids de cette grandeur. Sa mère en remplissait les devoirs sans enthousiasme excessif.

En dépit de ses propres goûts, Elfa avait donné sa parole au duc. Elle assumerait les responsabilités de sa charge le mieux possible.

Mais le duc attendait peut-être autre chose de sa femme?

Elfa s'était proposée, à la place de Caroline, mais elle n'avait pas songé à des relations plus intimes.

D'ailleurs, que signifiaient ces mots? Elfa restait, sur ce point, d'une ignorance totale. Jamais on n'avait abordé ce sujet devant elle. Et pourquoi aurait-elle cherché à se renseigner? Ses rêves secrets étaient tourmentés par des mystères bien différents.

Bien sûr, Caroline laissait Edouard l'embrasser. Ils étaient amoureux l'un de l'autre. Tout ce qu'ils faisaient ensemble était beau.

Elfa comprenait l'horreur, l'effroi de Caroline, à la pensée d'épouser le duc. Caroline ne pouvait laisser un inconnu l'approcher, l'embrasser, puisqu'elle aimait Edouard.

Elfa essaya de se rassurer : le duc n'avait jamais fait la moindre tentative pour l'embrasser, depuis leurs fiançailles. Il avait compris comme elle leur situation. Pourquoi changerait-il d'attitude, simplement parce qu'elle portait un anneau d'or au doigt?

Mais un doute subsistait! Le souvenir des propos de son père n'était pas facile à écarter. La jeune fille devint nerveuse, craintive.

Elle allait prendre son bain, s'habiller, descendre dîner avec son mari...

Elfa, une fois de plus, écarta ce sujet. Pour ce premier repas en tête à tête qui inaugurait sa vie conjugale, il ne fallait pas faire attendre le duc, sans doute pointilleux sur l'article de l'exactitude.

A Chester House, elle l'avait remarqué, tout était d'une perfection minutieuse, autant que d'un goût raffiné. La tenue de la maison ne laissait rien à désirer. Partout, le parfum de fleurs fraîches, disposées en bouquets, embaumait l'air, et se mêlait à l'odeur de la cire à la lavande.

« Tout est parfait, et il s'attend à ce que sa femme le soit, elle aussi... »

Elle choisit l'une de ses plus jolies robes, verte comme celle de leurs fiançailles, mais d'une nuance plus tendre, semblable à celle des bourgeons au printemps.

Elle ne mit d'autre bijou que sa bague de fiançailles et quand elle entra dans le salon, le duc jugea que ses yeux avaient la couleur et l'éclat des émeraudes.

– Désirez-vous une coupe de champagne? demanda-t-il.

– Oui, s'il vous plaît... Mon Dieu! Jamais je n'aurais cru qu'il viendrait tant de monde à notre mariage!

– Beaucoup de curieux, sans doute!

– C'est normal! Il y a si peu de distractions, par ici! Le cirque, qui passe une fois par an, la course de chevaux, l'été, et les feux d'artifice, pour la fête...

Il éclata de rire :

– J'espère que nous nous serons montrés à la hauteur des autres attractions!

– Oh! C'est certain! Nous leur avons fourni un sujet de conversation pour six mois, au moins!

– Croyez-vous? A Londres, on en parlera une dizaine de jours, guère plus!

– On se demandera pourquoi vous m'avez épousée...

– Non. Mais bien plutôt pourquoi je me suis marié!

– Beaucoup de ces jolies dames venues de Londres semblaient un peu surprises, en effet...

Il lui lança un regard méfiant, comme pour s'assurer qu'elle ne se moquait pas de lui. Cette étrange petite créature pouvait bien ne pas le prendre tout à fait au sérieux! Il affirma :

– J'ai annoncé mon mariage à tous ceux que cela pouvait intéresser. S'ils espéraient me voir changer d'avis au dernier moment, eh bien! tant pis pour eux!

– Si vous aviez changé d'idée, quelle scène dramatique, il faut l'avouer! Imaginez un peu cela! Avec toute cette foule qui nous guettait! Papa n'était pas très rassuré. Il pensait que, peut-être, vous alliez m'abandonner au seuil de l'église!

– Mais alors, je n'aurais pas emporté Magnus Croft dans ma poche. Votre père m'a remis les titres de propriété à la sacristic, aussitôt après la signature du registre.

Elfa se mit à dire :

– Mon père est un homme pratique. Il ne voulait pas se retrouver avec sa fille sur les bras, et les titres disparus avec le futur!

Au cours du dîner, ils abordèrent un grand nombre de sujets qui, selon Lynchester, n'auraient jamais dû intéresser une femme.

L'expérience qu'il avait d'un dîner en tête à tête avec une femme était bien différent. Il s'agissait d'un duel en paroles, servant à déguiser le désir qui montait en eux. Les phrases à double entente, les silences permettaient un échange de regards qui allaient beaucoup plus loin que les mots.

Elfa, très à son aise, parlait chevaux, livres, chasse, chiens, sans cesser de l'amuser autant qu'elle l'étonnait.

A son tour, il fit allusion à ses voyages, Elfa savait écouter et poser des questions intelligentes qui le mettaient en valeur.

A la fin du dîner, il s'avoua qu'il appréciait sa compagnie beaucoup plus qu'il n'avait osé l'espérer.

La pensée alors lui vint qu'il ne se trouvait pas avec Harry, mais avec une jeune fille, sa propre épouse. Constatation étonnante : comment une femme pouvait-elle se montrer aussi agréable, et capable de passer d'un sujet à un autre, sans essayer d'attirer l'attention sur ses yeux, sur sa bouche, sur toute sa petite personne désirable ?

Ils revinrent au salon. Elfa demanda :

– Aurons-nous le temps de monter, demain matin ?

– Si vous le voulez et si vous n'êtes pas trop fatiguée.

– Oh ! Mais non, je ne serai pas fatiguée ! Pourtant, il vaut mieux que j'aille me coucher tout de suite.

– Vous avez raison.

Elle chercha une formule pour lui dire bonsoir. A sa grande surprise, le duc lui tourna le dos et se dirigea vers une table où se trouvaient des carafes de porto et de cognac.

– Je ne serai pas long, affirma-t-il. Je vous rejoindrai avant que vous vous endormiez.

Elfa lui lança un regard effaré, puis courut à travers le hall jusqu'à l'escalier qui menait à sa chambre.

Une camériste l'y attendait, qui l'aida à se déshabiller et à passer une chemise de nuit garnie de dentelles. Elle ôta les épingles qui retenaient sa chevelure et demanda :

– Dois-je vous brosser les cheveux, Votre Grâce ?

– Pas ce soir, merci !

La camériste attendait qu'elle se couche. Elfa s'avança vers le lit dont les oreillers et les draps s'agrémentaient de broderies précieuses. La servante souffla les bougies, hormis celles d'un candélabre posé près de son chevet, puis elle dit :

– Bonsoir, Votre Grâce. Je vous souhaite une très heureuse nuit de noces.

Elfa regarda la porte qui se referma sur la femme :

cette dernière phrase lui parut pleine de sous-entendus.

La peur s'empara d'elle.

Les yeux rivés à une porte qui devait communiquer avec la chambre de son mari, elle se souvint des paroles de son père, dans le carrosse.

Elle y ajouta la remarque du duc, au moment de prendre congé : « Je ne serai pas long. Je vous rejoindrai avant que vous vous endormiez. »

Impossible de s'y tromper : il allait venir dans sa chambre!

Pour lui dire bonsoir, ou pour rester avec elle?

Elfa savait que les gens mariés dorment dans le même lit. Jamais elle n'aurait pensé que le duc songerait à en faire autant, après des noces si particulières...

Il l'avait épousée pour récupérer cent hectares de terre perdus au jeu par son père. Lynchester avait le plus vif intérêt à ce mariage, car sans lui, jamais il ne reprendrait Magnus Croft.

Cela, elle l'admettait. Elle savait aussi qu'il aimait la comtesse de Walshingham, et avec raison, car la comtesse était une vraie beauté.

Allait-il user de ses droits de mari, comme disait son père? Elfa ignorait la signification exacte de ces mots-là, mais selon elle, si le duc agissait ainsi, ce serait odieux, puisqu'ils ne s'aimaient pas!

Des pas dans le couloir : le duc regagnait son appartement.

Il allait se déshabiller dans sa chambre, puis il entrerait chez elle par la porte de communication.

Affolée, elle regarda autour d'elle. Où se cacher?

Elle pouvait se glisser sous le lit, mais quelle humiliation, s'il l'y découvrait!

Elle bondit hors de sa couche monumentale et resta là, haletante, à regarder autour d'elle.

Il existait, à l'étage, des douzaines de chambres où se réfugier. Mais quel scandale, si les servantes, demain, la trouvaient endormie ailleurs que dans la chambre nuptiale! Elfa connaissait la vie à la campagne. Les bavardages, les commentaires se répandraient comme l'incendie à travers le domaine et parviendraient jusqu'à Allerton Towers, aux oreilles de ses parents.

Elle en gémit d'angoisse :

– Mais que puis-je faire?

Elle pouvait, bien sûr, confier ses craintes au duc. Mais pas ce soir, ils étaient trop fatigués tous les deux! Pas maintenant! Et puis elle ne comprenait pas tout à fait le sens des propos de son père! Il lui fallait du temps pour y réfléchir!

Les rideaux! Elle pouvait se blottir derrière les rideaux! Mais s'il s'en apercevait...

A force de regarder autour d'elle, une idée lui vint. Dans un angle éloigné de la chambre, elle remarqua une jolie petite armoire. Pas assez vaste pour servir de garde-robe, elle se trouvait là plutôt comme objet de décoration. Le sommet s'ornait d'un fronton très haut, entouré d'anges, ou d'amours, et surmonté par une couronne.

Elfa l'examina soigneusement. Ce fronton, très large, dominait le sommet du meuble.

Elle n'arrivait plus à réfléchir. Chaque bruit provenant de la pièce voisine la terrifiait. La peur la guidait. Elle s'empara d'une chaise et grimpa sur le meuble aussi légèrement que si elle s'était mise en selle.

Sa frayeur incontrôlable lui donnait des ailes. En un instant, en s'agrippant au fronton, elle se trouva à l'abri. Comme elle le pensait, la pompeuse décoration de l'armoire la dissimulait parfaitement.

Elle était menue, légère. En se tenant là, accroupie, elle ne serait pas trop mal. Il ne lui manquait qu'un oreiller!

Mais ce n'était guère le moment de songer à son confort! Elle avait trouvé un asile sûr, où personne ne viendrait la chercher.

Elle retint son souffle. Son cœur se mit à battre la

chamade, sous l'impulsion d'une frayeur irraisonnée et obscure.

La porte de communication venait de s'ouvrir...

Le moindre mouvement risquait de la trahir. Elle resta immobile, sans pouvoir risquer un seul regard. Le duc venait d'entrer dans sa chambre.

Il referma la porte derrière lui. Le bruit de ses pas, affaibli par des mules d'appartement, traversa la pièce, en direction du lit.

Elle devina qu'il se tenait là, surpris de le trouver vide.

Il allait faire demi-tour, regagner sa propre chambre, s'y coucher, et s'endormir. Puis elle comprit qu'il se contentait de monter dans son lit, à elle!

Il attendait son rctour! Combien de temps patienterait-il? Que faire sinon attendre, elle aussi? Elle ne pouvait ni bouger, ni jeter un regard pour surveiller les mouvements de l'homme installé dans son lit.

Elfa joignit ses mains et y posa sa joue.

« Il finira bien par s'en aller! » pensa-t-elle, en fermant les yeux.

5

Elfa courait et quelqu'un la poursuivait. On allait la rattraper quand elle poussa un petit cri de frayeur et leva les bras pour se protéger...

Elle se fit mal et ouvrit les yeux.

Mais où se trouvait-elle? L'esprit embrumé par le sommeil, elle s'assit et contempla la vaste étendue de la chambre, au-dessous d'elle.

Elle s'immobilisa : le duc s'était dressé, dans le lit conjugal. Appuyé sur un coude, il la contemplait avec effarement.

Le silence s'éternisa. Enfin, il demanda :

– Au nom du ciel, que faites-vous là-haut?

Elfa dormait encore à moitié. Elle ne trouva rien d'autre à répondre que la vérité :

– Je... J'avais peur!

– De moi?

– Oui...

Il ne parvenait pas à dominer la stupeur qui l'avait saisi en découvrant sa femme juchée sur une armoire. Il s'assit dans le lit et contempla son visage, avec la sensation de vivre un rêve étrange. Les bougies du candélabre envoyaient des lueurs dansantes dans la chevelure d'Elfa. Son petit visage aux grands yeux craintifs se détachait contre l'ombre du mur. On aurait pu croire à une apparition surnaturelle.

Le duc déclara lentement, et à mi-voix, en s'adressant beaucoup plus à lui-même qu'à sa femme :

– Jamais je n'aurais imaginé que vous puissiez avoir peur de moi!

– Je n'avais pas du tout peur de vous, avant... C'est à cause de ce que papa m'a dit, en me conduisant à l'église...

– Que vous a-t-il dit?

– Que mon mari avait des droits... Que ce soir, je n'aurais qu'à faire... tout ce qu'il voudrait.

– Avez-vous compris la signification de ces paroles?

– Non! Mais il n'a rien voulu m'expliquer! Il a ajouté que maman aurait dû m'avertir... m'apprendre les réalités du mariage!

Il allait d'étonnement en étonnement. Il n'avait pas du tout envisagé de se trouver en face d'une jeune fille aussi totalement ignorante. Les femmes rencontrées jusqu'alors étaient si expérimentées dans l'art d'aimer!

« J'ai été stupide! Comment ne me suis-je pas douté qu'une jeune fille de cet âge serait différente? »

Il aurait dû se rapprocher d'elle, avant le mariage, pour qu'elle le connaisse mieux, et qu'elle soit rassurée.

Il avait pensé à Magnus Croft beaucoup plus qu'à elle. La nuit de noces, comme la lune de miel, lui apparaissait comme une simple formalité. Un devoir à remplir, plutôt qu'un agrément.

Il resta si longtemps silencieux, perdu dans les pensées nouvelles que lui inspirait cette situation insolite, qu'Elfa en fut effrayée. Elle essaya de s'expliquer :

– Vous comprenez... Je me suis dit que si je réussissais à me cacher, ce soir... nous pourrions parler de tout ça, à un autre moment...

– Très bonne idée! Nous aurons certainement de

nombreuses occasions de faire plus ample connaissance, dans les prochains jours!

Elfa tenta d'aller un peu plus loin :

– Je ne pensais pas... Je croyais que, lorsque nous serions mariés... Je supposais que vous voudriez me voir jouer le rôle de votre femme... en public! Mais pas autrement...

– Qui vous a fait croire cela?

– Papa disait toujours que... que vous m'épousiez uniquement par intérêt et je sais que c'est la vérité! Et puis, vous êtes amoureux de la belle comtesse de Walshingham...

Là, le duc sursauta :

– Non! Je me refuse à croire que votre père ait pu vous apprendre...

– Il ne m'a cité aucun nom, mais bien des gens m'ont affirmé qu'elle comptait beaucoup pour vous... Et, quand je l'ai vue, j'ai compris que vous puissiez tenir à elle!

Lynchester passait de l'étonnement à la contrariété. Et par-dessus tout, il était choqué :

– Nous ne pouvons vraiment pas discuter d'un tel sujet!

– Pourquoi? Puisque nous n'avons pas fait un mariage d'amour! C'est pour cette raison que je ne m'attendais pas à ce que vous veniez dans ma chambre pour... je ne sais pas...

– Ma présence vous semble donc tout à fait déplacée.

Elfa répondit avec simplicité :

– Ce n'est pas votre présence, mais je n'aime pas que les gens me touchent ou m'embrassent. Et je sais que les hommes et les femmes s'embrassent... mais seulement quand ils s'aiment!

La naïveté de cette remarque laissa le duc sans voix. Enfin il remarqua :

– C'est vraiment absurde de discuter comme ça, vous perchée là-haut, et moi ici! Vous ne croyez pas que vous seriez plus à votre aise, si vous consentiez à descendre ?

Le silence d'Elfa lui sembla plein d'éloquence. Il soupira :

– Je vous donne ma parole que je n'essaierai pas de vous toucher!

Elle regarda au-dessous d'elle.

– Je descends, mais, s'il vous plaît, fermez les yeux ou, ce qui serait encore mieux, sortez du lit et tournez-moi le dos!

– Pourquoi diable ferais-je une chose pareille?

Il s'imagina voir se creuser les fossettes de son sourire, quand elle répondit :

– Quand je suis montée sur l'armoire, je n'ai pas dû offrir un spectacle très convenable! Pour en redescendre, je vais être obligée de me montrer tout aussi indécente!

– Oh! Je comprends! Eh bien, je vais à la fois sortir du lit, tourner le dos et fermer les yeux! Cela vous va?

– Merci!

Elfa s'assit sur le bord de l'armoire, chercha la chaise du bout de son pied, y prit appui et sauta sur le sol.

Elle regarda le duc : celui-ci avait tenu parole. Vêtu d'une longue robe de chambre en soie, il lui tournait le dos et, à défaut de fermer les yeux, contemplait sans doute le foyer de la cheminée, décoré d'une profusion de fleurs blanches.

Elle traversa rapidement la chambre, grimpa dans le lit et s'appuyant aux oreillers, elle dit :

– Vous pouvez vous retourner, à présent!

Elfa, si menue, semblait perdue dans ce meuble immense. Sa chevelure flamboyante retombait sur ses épaules. Elle offrait l'image de quelque créature féerique, venue de la forêt pour visiter une demeure humaine.

Il vint s'asseoir dans un fauteuil placé à son chevet.

– N'est-ce pas plus confortable que sur le haut de votre armoire?

– J'étais si fatiguée que je n'arrivais pas à réfléchir. Je me suis endormie dès que vous êtes entré dans la chambre.

Il ne put s'empêcher de sourire à cette idée et toute trace de colère disparut de son visage.

– Je ne pensais pas trouver ma femme à une telle altitude, je vous l'avoue! Je suppose que vous avez choisi cet endroit parce que l'arbre le plus proche était nettement trop loin!

Timidement, Elfa reconnut :

– J'ai été vraiment stupide de m'affoler comme ça!

– Je crois que je commence à vous comprendre.

Son regard pensif scrutait cette petite fille sans défense qu'il avait épousée, qui portait son nom et le titre de duchesse de Lynchester. Il soupira :

– Que proposez-vous?

– C'est vrai ce que je vous ai dit, j'ai envie d'être une bonne épouse pour vous. Mais présentement, je ne sais pas trop ce que ça signifie...

Sa sincérité toucha le duc autant que son désarroi. Il prit une décision :

– Voici ce que je vous propose, Elfa. Nous allons apprendre à nous connaître. Il sera temps, après, de décider de ce que sera notre vie conjugale.

– Vous voulez dire... que pendant ce temps-là, vous ne me toucherez pas?

– Mais non, n'ayez plus aucune crainte. Je ne vous approcherai que lorsque vous le voudrez bien.

– C'est merveilleux! Vous avez deviné ce que je souhaitais! J'ai une grande admiration pour vous, vous savez tant de choses! J'aime m'entretenir avec vous. Comme la vie va être agréable! Nous pourrons entreprendre des choses passionnantes. Nous serons heureux, vous verrez!

– Je l'espère bien. Je tiens à ajouter que si je vous fais encore peur, pour une raison ou pour une autre, il vaut mieux venir me l'expliquer plutôt que d'aller grimper je ne sais où!

Elfa rit de bon cœur :

– Je le promets! J'ai été sotte, j'aurais dû attendre votre venue, et nous aurions parlé comme nous venons de le faire.

Le duc se leva.

– Il faut vous reposer, à présent. J'avoue que je suis fatigué, moi aussi.

– Mais nous monterons, demain matin?

– Certainement, à moins que vous n'ayez envie de dormir.

– Non! Sûrement pas! Il y a tellement d'endroits à découvrir, les bois, surtout!

– Vous n'oubliez pas que nous partons demain ou après-demain pour le Leicestershire?

– Nous y sommes obligés?

– On trouverait bizarre que nous ne partions pas quelque temps, vous savez. Mais nous pourrons abréger notre voyage. A mon retour, je vous ferai découvrir ces forêts que j'aime depuis mon enfance.

– C'est naturel, les arbres sont le domaine de Silvanus.

Il se mit à rire :

– Allons, bonsoir, Elfa!

– Bonne nuit, Silvanus!

Elle s'allongeait déjà dans son lit, vaincue par la fatigue. Il souffla les bougies. Les yeux clos, elle murmura, tandis qu'il gagnait la porte :

– Merci...

La jeune fille s'endormit avant que le duc ne fût entré dans sa propre chambre.

Elfa quitta Chester House deux jours plus tard, avec le sentiment de s'en arracher.

Le matin, pendant que le duc travaillait avec son secrétaire, elle trouva le moyen de faire une reconnaissance dans les forêts du domaine. Jamais elle n'avait trouvé un tel charme aux arbres, et ce charme lui parut magique.

Elle regretta d'avoir si peu de temps pour parcourir ces lieux. Cette attirance magnétique qu'elle connaissait si bien, elle l'éprouvait plus forte, plus réelle que nulle part ailleurs. La jeune fille se sentait mystérieusement en accord avec eux, elle pouvait entendre résonner leur musique...

Cette musique émanait du bruissement des feuilles, du rythme imperceptible des arbres eux-mêmes, et qui était leur vie même, leur respiration, leurs lentes pensées venues du fond des âges et qu'Elfa recevait sous forme d'harmonies.

– Ah! Je voudrais que nous n'ayons pas à partir! dit-elle à mi-voix, en se hâtant vers la maison.

Elle s'était attardée plus qu'elle ne le voulait et craignait que son mari n'en fût contrarié. Heureusement, celui-ci n'avait pas eu le loisir de remarquer son absence.

Elfa en fut soulagée. Elle ne souhaitait pas lui expliquer d'où elle venait. Il l'interrogerait et elle craignait de n'être pas comprise.

Maintenant, confortablement installée dans une voiture à la dernière mode, tirée par de magnifiques chevaux noirs, elle comptait les jours jusqu'à leur retour.

Elle n'en appréciait pas moins la compagnie de son mari. Elle était sensible, au premier chef, à sa beauté, à sa grande allure. Et quel plaisir de s'entretenir avec lui! Quel bonheur quand il lui avait fait visiter, à sa façon, les jardins et la maison!

Au dîner, ils abordaient divers sujets, y compris la mythologie. Elle comprenait qu'il introduisait ce sujet dans leur conversation par égard pour elle, parce qu'il savait qu'il l'intéressait.

Elle découvrit qu'il possédait une vaste culture, qu'il dissimulait sous une nonchalance élégante. Sa confrontation avec un tel esprit réjouissait Elfa. Il tenait compte de ses opinions, et se donnait la peine d'en discuter.

Le duc, quant à lui, l'observait à son insu. En cet instant, dans la voiture, il regardait la jeune femme, assise à ses côtés dans son charmant costume de voyage vert, et coiffée d'un joli petit bonnet. Il la jugeait très élégante, d'un charme flatteur pour l'amour-propre d'un mari, mais en même temps, aussi différente que possible de toutes les femmes qu'il avait pu rencontrer.

Elfa aimait les chevaux, et ce goût plaisait à son mari. Elle avait poussé un cri de joie en apprenant que Swallow l'accompagnerait dans le Leicestershire.

– Une demi-douzaine de chevaux de chasse nous attendent là-bas. J'ai bien l'intention de participer aux steeple-chases.

– J'essayerai de vous battre! Vous savez, Swallow en remontre à n'importe quel cheval des écuries de papa!

– C'est un défi? Je le tiens!

Ils passèrent leur première nuit de voyage chez un ami de Lynchester. La demeure, pompeuse, impressionnante, ne plut guère à Elfa. La campagne alentour était riche et prospère, mais d'une platitude banale, ennuyeuse.

Les maîtres de maison étaient absents. Les deux jeunes mariés firent, en tête à tête, un excellent dîner. Une fois encore, Elfa goûta ce plaisir tout neuf pour elle de s'entretenir avec un homme intelligent, cultivé, qui prenait la peine de l'écouter, sans rejeter d'emblée toutes ses idées personnelles, comme le faisait son père.

Ils montèrent se coucher. Elfa entra dans une grande

chambre, au lit vaste et confortable. Par la porte entrouverte, elle aperçut la pièce où le duc se préparait à dormir et qui, meublée seulement d'une étroite couchette ressemblait plutôt à une garde-robe.

Elle s'approcha vivement et dit :

– Vous serez mieux dans mon lit! Je vais changer de chambre avec vous! Quelle vilaine pièce on vous a réservée!

Il la regarda avec curiosité et insistance. Il hésita et finit par répondre :

– Nos hôtes ont dû penser, comme nous sommes en pleine lune de miel, que nous partagions le même lit...

– Ah! oui, bien sûr, je comprends! Mais vous savez, moi, je dormirai très bien sur cette banquette! Je vous en prie, faisons l'échange!

Il fut tenté de lui faire observer qu'il existait une solution beaucoup plus simple, plus normale, plus agréable aussi... commençait-il à penser. Il résista à cette tentation : il effraierait Elfa et ce serait rompre le pacte qu'ils avaient conclu.

– Vous oubliez que j'ai été soldat! répliqua-t-il. Je vous assure que j'ai dormi dans des conditions bien plus inconfortables!

Il gagna la porte de communication.

– Bonne nuit, Elfa. Dormez vite. Nous partons très tôt, car je désire arriver au pavillon pour le dîner.

– Je serai prête...

Il referma la porte avec tant de hâte qu'elle se demanda si le duc avait entendu sa réponse.

Elfa, en entendant parler d'un pavillon de chasse, avait imaginé un logis petit et sommairement meublé. C'était ne pas connaître les goûts de son mari. Elle découvrit une grande maison du XVIIIe siècle, aménagée et meublée avec beaucoup de confort et de raffinement.

Harry Seldon ne tarda pas à les rejoindre. Elfa

redoutait cette arrivée. Le duc ne la délaisserait-il pas pour cet ami de longue date?

Il n'en fut rien. La présence d'Harry ajouta encore au plaisir qu'elle goûtait auprès de son mari. Tout de suite, Harry se mit à la traiter comme une camarade qu'il aurait connue depuis toujours.

Il plaisantait avec elle comme avec Silvanus. Il ne la négligeait pas, comme elle l'avait craint, mais au contraire l'accablait de compliments sur sa façon de monter, de s'habiller et sur la vivacité de ses répliques, dont l'inattendu ajoutait du piment à la conversation.

Elfa ignorait, bien entendu, les propos échangés par les deux hommes, un soir qu'elle était montée se coucher.

– Ma foi, Silvanus, ta femme est intelligente! Je suis sûr que tu n'en espérais pas autant!

– Elle a certainement une façon originale de raisonner! Je ne sais jamais à l'avance ce qu'elle va me répondre. Elle me surprend toujours, je l'avoue!

– C'est nouveau pour toi, n'est-ce pas, de ne pas savoir à l'avance ce qu'une femme va te dire?

Le duc se souvint alors d'une conversation avant sa rencontre avec Elfa, où il s'était plaint à Harry de l'ennui qui gâchait toujours, et si vite, ses liaisons amoureuses.

Cependant, il ne voulait pas parler d'Elfa, fût-ce avec son ami le plus intime. Leur situation était trop délicate, trop insolite aussi.

Il lança la conversation sur le prochain steeple-chase et sur les qualités des chevaux.

Harry, en homme bien élevé, s'abstint de poser la moindre question. Mais il possédait assez d'expérience et de jugement pour remarquer la curieuse façon dont Elfa traitait son mari. Elle lui témoignait, et avec simplicité, la confiance d'une enfant. Rien ne trahissait la femme, amoureuse ou non. Rien ne rappelait le comportement d'une jeune mariée.

Aucune familiarité entre eux, non plus, pas même celles qui sont inévitables après un mariage de raison.

« Elle l'admire, pensa Harry, elle écoute tout ce qu'il dit avec déférence, mais elle pourrait en faire autant avec un frère, ou avec un père! »

Sans en laisser rien paraître, il s'en étonnait, et ne trouvait pas le mot de l'énigme.

Il passa une semaine en leur compagnie dans le pavillon de chasse. Période merveilleuse pour Elfa qui découvrait chaque jour un plaisir nouveau, avec une liberté inconnue des jeunes filles.

Elle aimait monter les chevaux de chasse de son mari, et trouva excitant de disputer le steeple-chase, où elle arriva seconde, derrière Lynchester. Elle avait gagné sans effort diverses courses mixtes, où les gentlemen rendaient galamment des points aux dames.

Chaque jour, elle dépensait son ardeur en activités joyeuses. Le soir, la tête sur l'oreiller, elle s'endormait sans avoir le temps d'accorder la moindre pensée aux problèmes de son mariage. Son mari, cet homme si beau, si doué pour tous les exercices du corps, était l'hôte le plus agréable qu'elle ait pu désirer rencontrer : elle ne voyait pas plus loin. Elle ne vivait pas une lune de miel ordinaire, mais les vacances les plus divertissantes de sa jeune existence.

Cependant, les problèmes qu'elle refusait d'aborder existaient toujours. Le dernier jour, elle eut avec Harry une conversation qui la troubla.

En revenant de promenade, le duc les avait laissés seuls au salon, pour aller régler quelques détails domestiques.

Harry observait Elfa, fine, élégante dans son amazone verte, et qui buvait avec une avidité enfantine un verre de limonade glacée. Elle lui parut ravissante, la plus précieuse de ces œuvres d'art dont la maison regorgeait.

Elfa prit conscience de cette attention. Elle leva les yeux, avec son étrange petit sourire :

– A quoi pensez-vous donc, Harry? Vous me regardez comme si j'avais fait quelque chose de mal.

– Bien au contraire! Vous voulez vraiment savoir ce que je pensais?

– Je suis très curieuse de l'apprendre!

– Je me disais que vous étiez exactement la femme qu'il fallait à Silvanus.

Elfa posa son verre sur le guéridon et, les sourcils froncés, elle demanda, hésitante :

– Que voulez-vous dire, Harry? Vous plaisantez?

– Pas du tout, voyons! Je trouve que vous êtes absolument l'épouse idéale pour Silvanus. (Une étrange expression assombrit le regard d'Elfa. Harry insista :) Je vous étonne? Vous n'en êtes pas consciente?

– J'ignore quel genre d'épouse Silvanus pouvait souhaiter. Mais vous êtes au courant, Harry, vous savez comment s'est fait notre mariage? Je le sais, je peux vous en parler. Ce n'est que le résultat d'une entente à propos de cent hectares en litige entre nos deux maisons.

– Oui, je suis au courant. Silvanus m'en a parlé, avant vos fiançailles. Il m'avait confié aussi, à ce moment-là, quel genre de femme il souhaitait épouser. Mais je suis bien convaincu que, grâce à vous, il a changé d'avis. Comme je le lui ai fait remarquer alors, ce qu'il voulait, ce n'était pas une vraie femme, mais une marionnette, une belle poupée décorative!

– Je ne ressemble pas à ça, je crois...

– Vous valez beaucoup mieux! S'il m'avait fallu choisir une femme pour Silvanus, c'est vous que j'aurais prise!

– Merci, Harry! Je crois que vous me dites cela par gentillesse, pour me réconforter.

– Je dis ce que je pense. Il ne faut pas juger Silvanus sur les apparences. Il est trop séduisant, trop riche, trop bien titré. Il était encore à Oxford que déjà les femmes tournaient autour de lui. Elles l'ont beaucoup gâté. Aussi est-il devenu de plus en plus cynique, et il se lassait très vite de ses conquêtes.

– Je serais bien malheureuse, s'il s'ennuyait avec moi. Mais nos relations, il est vrai, sont différentes !

– C'est bien ce que je veux dire. Silvanus appréciera cette vie qui ne ressemble à aucune de ses expériences précédentes. C'est ce qu'il lui fallait.

– Vous vous montrez bien sûr de vous... Notre lune de miel va se terminer, nous retrouverons la civilisation et, naturellement, toutes ces belles dames!

Harry, stupéfait, chercha vainement une réponse.

– Avant notre mariage je savais, par mon père, que Silvanus avait une liaison sérieuse. Enfin, bien sûr, il ne me l'avait pas dit à moi, mais je l'avais entendu en parler avec maman. J'ai vu cette dame au mariage. Elle est très belle. Je comprends qu'il en soit amoureux.

– Elfa, ce n'est pas possible! Vous ne pouvez pas... Vous ne voulez sûrement pas parler... d'Isobel?

– Mais si, pourquoi pas? Bien sûr, Silvanus me manquera beaucoup, s'il me laisse seule trop souvent et trop longtemps. J'aime énormément sa compagnie. Mais s'il est épris de la comtesse de Walshingham, il souhaitera la revoir très vite, et je m'y attends.

– Enfin, Elfa, comprenez que Silvanus ne doit à aucun prix renouer sa liaison avec Isobel! Vous êtes sa femme! Vous devez l'en empêcher, s'il le faut!

Harry, d'abord stupéfait, s'exprimait maintenant avec véhémence. Ce fut au tour d'Elfa d'être étonnée :

– L'en empêcher? Pourquoi le ferais-je? Je souhaite qu'il soit heureux! Ce serait déloyal de ma part de me servir de mon titre d'épouse pour l'empêcher de trouver un peu de bonheur auprès de cette femme, puisqu'il l'aime.

Harry en resta sans voix. Elfa, sereine, sans s'apercevoir de l'effet qu'elle produisait, continua :

– Bien sûr, si quelque chose de semblable arrivait, par exemple, à ma sœur Caroline, ce serait terrible! Elle aime Edouard, vous comprenez? Elle serait capable d'en mourir, s'il s'intéressait à une autre femme. Mais Silvanus n'a jamais été amoureux de moi, ni moi de lui. Nous nous sommes mariés... à cause de Magnus Croft. Nous avons eu la chance de devenir amis. C'est normal de souhaiter le bonheur d'un ami, non?

Harry essaya de trouver une réponse convenable. Impossible! Trop de questions, trop d'arguments se pressaient dans son esprit, et qu'il ne parvenait pas à exprimer. Il se contenta de résumer sa pensée :

– Naturel? Ma foi, dans les circonstances présentes, je dois dire que je trouve tout cela aussi peu naturel que possible!

Le duc les rejoignit. Harry, soulagé, estima que son retour le sauvait d'une situation embarrassante : la conversation, sur un tel sujet, ne pouvait se poursuivre entre Elfa et lui. Il aurait eu l'impression d'être à la fois indiscret, et déloyal vis-à-vis de son ami. Impossible non plus de tromper la candeur d'Elfa en lui posant certaines questions. Elle aurait été capable d'y répondre franchement. Silvanus en aurait été furieux, et avec raison.

Quand ils quittèrent le pavillon de chasse, Elfa rêvait de regagner Chester House. Le duc, pourtant, décida de passer par Londres.

Il s'y trouvait, en quelque sorte, obligé. Il avait reçu une invitation de la duchesse de Devonshire, qui organisait une réception dans son palais londonien, pour fêter l'anniversaire de son mari.

« C'est une surprise que je lui fais, avait-elle écrit à Lynchester, et j'espère que tous ses plus chers amis, dont vous êtes, se trouveront à mes côtés pour lui faire passer une heureuse soirée. »

Harry avait soupiré :

– Je suis invité, moi aussi, et tous nos amis. C'est vraiment le genre d'invitation qu'on ne peut pas refuser.

– C'est aussi mon avis. Ce sera, pour Elfa, une sorte d'entrée officielle dans le monde, en attendant que je la conduise à la cour. Elle découvrira Devonshire House et je pourrai lui présenter ceux de mes amis qui n'ont pas pu venir à notre mariage.

– J'espère qu'ils ne seront pas trop déçus, intervint Elfa. Je vais essayer de me trouver une robe digne d'une occasion si brillante!

Harry se mit à rire :

– Vous porterez les émeraudes des Lynchester! Croyez-moi, les autres femmes ne remarqueront pas votre robe! Elles ne penseront qu'à dissimuler leur jalousie : personne ne possède d'aussi belles émeraudes, elles sont célèbres, et incomparables! On ne les a pas vues depuis longtemps, et vous ferez sensation!

Le duc songeait, en écoutant son ami, à plusieurs de ses anciennes maîtresses, qui lui avaient demandé, parfois, de porter telle ou telle parure célèbre des Lynchester.

Il avait toujours refusé. Pourquoi? Par respect, sans doute, pour la mémoire de sa mère, qu'il avait vue souvent, dans son enfance, parée de ces joyaux. Il aurait eu l'impression de l'insulter, en laissant son écrin à la disposition de l'une ou l'autre de ses maîtresses.

Peut-être aussi, sans qu'il veuille se l'avouer, avait-il pensé qu'un jour la femme qu'il épouserait disposerait, et elle seule, du droit de les porter.

La demeure citadine des Lynchester, qui comme la maison de campagne, se nommait Chester House, se trouvait à Berkeley Square. Là, Elfa se fit montrer les fameuses émeraudes. La parure comportait une tiare si majestueuse qu'elle ne pouvait convenir qu'à une grande solennité, par exemple à l'ouverture du Parlement. Mais elle découvrit un serre-tête garni de pierres d'une eau très pure, et alternant avec des diamants.

Elle décida de le porter. Sa femme de chambre le fixa sur sa nuque, noué autour de sa chevelure coiffée en boucles. Lorsqu'elle se vit dans un miroir, avec la rivière assortie qui jetait tous ses feux sur sa peau blanche, elle se dit qu'Harry avait raison : elle allait provoquer l'envie de toutes les femmes présentes.

Mais elle se moquait bien des autres femmes! Ce qu'elle désirait, c'était lire la fierté, la satisfaction dans les yeux de son mari.

Ces bijoux rayonnaient d'une beauté si évidente qu'elle se sentit très sûre d'elle-même. Jamais, au moment de paraître en public, elle n'avait éprouvé une pareille sérénité.

Il fallait peut-être en chercher la raison ailleurs que dans la splendeur sans pareille des émeraudes des Lynchester. Leur profonde teinte verte la rassurait. Elle portait sur elle le symbole de ses amis les arbres. Dans ce monde inconnu, hostile peut-être, où elle allait pénétrer, ses secrètes amours d'enfant la protégeraient.

Devonshire House se trouvait tout près de chez eux, à Piccadilly. Là, les meilleurs amis du maître de maison se trouvaient rassemblés pour le fêter.

La duchesse avait écrit à Lynchester que cette fête serait une surprise pour son mari. Elfa ne put s'empêcher d'en douter, en découvrant la demeure illuminée, entièrement décorée de fleurs, et les jardins éclairés par mille lanternes chinoises.

Elfa oublia vite le duc de Devonshire : tous les hommes de l'assistance, simples relations ou amis de Silvanus, l'entourèrent et la couvrirent de compliments. Quelque peu effarée par leur façon d'agir, Elfa craignit que cela ne contrarie son mari.

Après le dîner, délicieux et réservé aux intimes, de nouveaux invités affluèrent. L'orchestre retentit dans l'immense salle de bal, illuminée par des centaines de bougies, et dont les portes-fenêtres entrouvertes sur la nuit d'été laissaient pénétrer le parfum des jardins.

Alors, Elfa, pour la première fois, dansa avec Silvanus.

– En règle générale, si je peux l'éviter, je ne danse pas, lui confia-t-il. Mais c'est en quelque sorte votre premier bal officiel. Les gens s'attendent à nous voir danser ensemble.

– J'espère que je suis à la hauteur!

Le duc sourit : il la sentait, dans ses bras, d'une légèreté irréelle. Il lui semblait guider une nymphe plutôt qu'une femme.

Ils achevèrent leur valse. Harry se présenta pour réclamer son tour, et un si grand nombre de danseurs lui succédèrent qu'Elfa en perdit le compte. Tous les invités des Devonshire semblaient vouloir valser et tourner avec elle.

Lynchester remplit son devoir en demandant une danse à leur hôtesse, puis, la conscience en paix, il se rendit dans la salle de jeux. Il gagna tant d'argent que son partenaire, dégoûté, s'exclama :

– Franchement, c'est injuste, Lynchester! On dit toujours : « Heureux au jeu, malheureux en amour. » Mais ce dicton ne peut s'appliquer à vous. Votre femme est la séduction même!

Cette réflexion surprit le duc, qui ne répondit pas. L'énorme succès remporté par Elfa le laissait confondu.

Il empocha la somme considérable qu'il venait de gagner et partit à la recherche de sa femme. Mais elle ne se trouvait ni dans la salle de bal, ni dans aucun des salons qu'il traversa. Il sortit dans le jardin.

En ce soir de fête, les jardins de Devonshire House baignaient dans une lumière très romantique. Des réverbères éclairaient les longues allées qui se perdaient dans l'ombre. Les lanternes, adroitement dissimulées dans les arbres ou derrière les statues, enveloppaient tout ce paysage d'une atmosphère fantastique.

Le duc s'en souciait peu. Il traversa la pelouse et s'approcha des bosquets illuminés qui évoquaient des estampes galantes du XVIIIe siècle.

Cette ressemblance n'était pas pour le rassurer. Il se reprochait de n'avoir pas averti Elfa des dangers qui menaçaient une débutante, jeune mariée par surcroît. On jugerait peu convenable qu'elle soit allée se promener dans les coins sombres, le soir de son premier bal.

Il ne la voyait nulle part. Sans doute s'était-il trompé et était-elle encore dans la maison. Il allait remonter lorsqu'il entendit sa voix derrière un massif fleuri qui la dissimulait.

– Non, je vous en prie! Vous ne devez pas me dire des choses pareilles!

– Pourquoi pas? Vous êtes la femme la plus séduisante que je connaisse. Personne ne m'a jamais plu autant que vous! Vous êtes tout simplement délicieuse. Je sens que je vais vous aimer à la folie!

– C'est ridicule! s'exclama Elfa. Je vous en prie... Laissez-moi...

– Je vous lâcherai à une condition.

– Laquelle?

– Permettez-moi de vous embrasser!

– Non! Bien sûr que non!

Lynchester reconnut la voix de lord Hampton, l'un de ses amis : un homme très séduisant, célibataire en vue, et très prisé dans la bonne société londonienne. Avec sa réputation de séducteur adroit, et ardent, il était bien la dernière personne au monde qui eût dû se trouver en tête à tête avec Elfa, au fond du parc, le soir de son entrée dans le monde!

– Comment pouvez-vous être si cruelle! Je vous demande si peu de chose! plaidait lord Hampton. Un baiser, c'est une sensation légère, agréable... Et je ne peux même pas vous dire à quel point j'ai envie de vous embrasser!

– Je ne veux pas que vous m'embrassiez. Je veux rentrer.

– Vous n'êtes pas gentille! Un baiser, cela ne vous coûterait rien, et vous me feriez un si profond plaisir!

– Vous vous trompez! Quand on me donnera un vrai baiser, ce sera merveilleux et je m'en souviendrai toujours...

Un silence tomba. Lord Hampton, déconcerté, répéta :

– « Quand on me donnera un vrai baiser... » J'avoue que je ne comprends pas!

– Personne ne m'a jamais embrassée. Vous comprenez que je ne peux accorder mon premier baiser à un inconnu!

Décidément les choses allaient trop loin! Le duc contourna le massif et trouva, comme il s'y attendait, Elfa et lord Hampton assis sur un banc.

George Hampton devait ignorer qu'il avait surpris leur conversation. Il dit, d'un ton indifférent :

– Ah! Vous voilà, Elfa! Je vous cherchais. Le prince de Galles va arriver. Je tiens à vous présenter.

– Bien sûr! dit-elle avec empressement. Je vous accompagne, Silvanus.

– Quant à vous, George, vous feriez bien de regagner la maison. Notre hôtesse vous cherche partout!

– Je serais désolé de la faire attendre! affirma lord Hampton.

Il prit la main gantée d'Elfa et la baisa avec beaucoup d'élégance.

– Merci pour cette inoubliable valse!

Il s'éloigna. Le duc ne fit aucune remarque. Il glissa sa main sous le coude d'Elfa et la guida dans la direction opposée, vers la partie des jardins qui restait plongée dans l'ombre.

Elfa observait son mari avec anxiété. Etait-il contrarié par sa présence dans le parc en compagnie de lord Hampton?

Leur danse terminée, lord Hampton lui avait demandé de lui accorder quelques instants d'entretien. Il insistait tellement qu'elle avait fini par le suivre, sans se rendre compte qu'il l'attirait dans un lieu solitaire.

Il lui fit sa cour et Elfa, mal à l'aise, ne savait comment s'en délivrer. Il refusait de la laisser partir et, si elle regagnait seule la salle de bal, elle risquait d'attirer fâcheusement l'attention.

L'arrivée de son mari la délivra d'un grand poids. Mais maintenant, elle le devinait tendu, préoccupé. A la seule lueur de la nuit étoilée, elle apercevait la ligne dure, agressive, de sa mâchoire, et son menton volontaire.

Ils atteignirent un mur d'enceinte suffisamment élevé pour décourager les voleurs. Les lumières de la fête brillaient au loin. On percevait les échos de la musique du bal. Une valse romantique rôdait autour d'eux.

Le duc s'exclama :

– Comment avez-vous pu raconter à George Hampton, ou à d'autres, que personne ne vous avait jamais embrassée?

– Oh! Vous avez... Vous avez entendu?

– Oui, j'ai entendu! Je n'aime pas passer pour un imbécile! De quoi ai-je l'air à présent? Je suis votre mari et vous racontez à qui veut vous entendre que personne ne vous a embrassée? Voilà quelque chose que vous ne pourrez jamais répéter sans mentir!

Il l'attira durement contre lui, releva son menton et appuya ses lèvres sur les siennes.

Sa bouche heurta si violemment celle d'Elfa que la jeune fille, dans sa totale ignorance, imagina qu'il voulait lui faire du mal.

Elle se débattit, mais le duc resserrant son étreinte, elle ne put lui échapper.

La bouche d'Elfa était si douce, si inexpérimentée,

que le duc, sans s'en rendre compte, modifia son étreinte.

Il oublia son humiliation, sa fureur. Ses lèvres se firent plus tendres, mais pressantes et exigeantes.

Et il sentit Elfa trembler dans ses bras.

Cette force mâle, impérieuse qui émanait de lui, qu'elle avait perçue pendant leur séjour dans le Leicestershire et qui la troublait, l'attirait, cette domination mystérieuse l'enveloppait à présent et se mêlait à sa vie.

Le duc l'étreignait plus fort. Sa bouche se fit plus pressante. Quelque chose d'étrange se passait en Elfa.

Du plus profond de son être, une onde chaleureuse montait, s'enflait comme une vague et envahissait tout son corps.

Cette vibration s'accrut jusqu'à l'extase. Elle crut entendre la musique secrète et magique qu'elle percevait au fond des bois.

Bientôt, elle n'exista plus que par le baiser qu'elle échangeait avec son mari. Jamais elle n'avait rêvé à une sensation aussi intense, aussi parfaite, et dans le même temps, elle savait qu'elle avait toujours désiré une telle expérience.

Il se détacha d'elle un instant, la contempla, et, sans dire un mot, recommença à l'embrasser, et ce furent de longs baisers avides, des baisers profonds, bouleversants.

Elle ne répondait pas seulement à ces baisers, mais aussi à quelque chose de plus secret, de plus fort, à un appel qui venait du fond des âges.

Elfa eut la sensation qu'ils allaient se fondre en un seul être idéal.

Soudain, un rire éclata derrière le mur d'enceinte : le charme se rompit et ils retombèrent sur terre.

Elfa resta sans voix et regarda le duc comme s'il venait d'un univers magique où il l'avait entraînée.

Reprendre pied dans la réalité lui parut très douloureux. Le duc comprit cela, il se contenta de la regarder longuement, sans rien dire. Il prit sa main et, à travers la pelouse, la ramena vers Devonshire House.

Les couples valsaient toujours dans la salle de bal illuminée. Elfa murmura, d'une voix qu'elle ne reconnut pas :

– Je voudrais... Je voudrais rentrer chez nous!

– Bien entendu! Allez chercher votre manteau. Je vous attends dans le hall.

Ils entrèrent par une porte latérale. Sans lever les yeux vers le duc, Elfa courut jusqu'à l'escalier et gagna la chambre transformée en vestiaire où elle avait laissé son manteau.

Ce vestiaire se composait de deux pièces en enfilade et Elfa s'était déshabillée dans celle du fond. D'autres invitées étaient arrivées après elle et la femme de chambre préposée à la garde des vêtements mit un moment avant de trouver celui d'Elfa.

Enfin, elle mit la main sur la courte cape de soie verte assortie à la robe de la jeune femme et l'aida à s'en draper.

– Merci! dit Elfa, en se dirigeant vers la première chambre.

Une voix féminine la cloua sur place :

– Que pensez-vous, ma chère, de la petite duchesse choisie par Silvanus?

– Je n'en pense rien, Audrey! Cela ne m'intéresse pas! Vous savez très bien que Silvanus est à moi...

– Mais il est marié, à présent, Isobel!

Un petit rire insolent :

– Que voulez-vous que cela me fasse? Tous les hommes finissent par se marier! Ils y sont obligés! Ce qui importe, ce sont les sentiments. J'ai l'amour de Silvanus, moi, et je le garde!

– Vous êtes bien sûre de vous! Sa femme est ravissante!

– Oui, je suis sûre de moi, Audrey, et n'essayez pas de me faire peur! Silvanus entoure d'égards cette drôle de petite créature qu'il a prise pour femme! Et alors? C'est un galant homme, mais les maris les plus galants sont les plus infidèles. Cet adage ne vaut pas seulement en France! D'ailleurs, laissez-moi vous confier quelque chose : Silvanus s'est arrangé pour me donner rendez-vous demain après-midi!

– Comment! s'exclama la femme qui se nommait Audrey. Demain? Mais il est encore en pleine lune de miel!

A nouveau, ce rire moqueur, insupportable :

– Lune de miel ou pas, peu m'importe! Silvanus est un amant incomparable. Vous ne pouvez pas savoir combien il m'a manqué! Personne ne sait embrasser comme lui!

Elfa étouffa un petit cri. Elle traversa la seconde chambre en courant et sortit par une autre porte. Elle dévala l'escalier, jusqu'au hall où le duc l'attendait, appuyé contre une statue de marbre.

Elle le rejoignit en silence. Il lui prit le bras et l'entraîna jusqu'à la grande entrée où leur voiture était stationnée.

Elfa se précipita à l'intérieur, et le duc la rejoignit.

Les chevaux partirent, traversèrent Piccadilly, et prirent la direction de Berkeley Square.

Le duc essaya de prendre la main d'Elfa mais celle-ci se dégagea. Elle sentit son regard étonné et dit :

– Quand vous m'avez embrassée, c'était merveilleux... Jamais, jamais je n'aurais pu imaginer quelque chose de pareil...

Elle retint son souffle, reprise par le souvenir de ces instants d'extase, qui rendaient difficile ce qu'elle voulait dire.

– A l'instant, je me trouvais dans une pièce du vestiaire... dans l'autre, la comtesse de Walshingham... s'entretenait avec une amie. Au dire de la comtesse, vous lui avez donné rendez-vous, demain après-midi...

Elle a évoqué... Elle parlait de vos baisers... Je n'ai pas envie, je crois... de boire dans le même verre qu'elle!

Le duc, stupéfait, se pencha sur le visage d'Elfa pelotonnée dans l'obscurité de la voiture. Il allait répondre quand la voiture s'arrêta devant Chester House. Un laquais ouvrit la portière.

Comme un petit animal sauvage qui saisit la moindre occasion pour s'enfuir, Elfa bondit au-dehors.

Quand le duc pénétra à son tour dans le hall, la jeune fille avait atteint l'étage. Il eut une brève vision de sa robe verte, qui disparaissait dans l'ombre.

6

Elfa s'éveilla quand la femme de chambre vint ouvrir ses rideaux. Les événements de la nuit affluèrent à son esprit, mais elle n'eut pas le loisir de s'interroger. La soubrette lui annonça :

– Sa Grâce vous envoie ses compliments et demande à Votre Grâce d'être prête à 11 heures pour partir à la campagne.

Elfa se redressa d'un coup de reins et s'assit sur son lit.

– A la campagne, vous êtes sûre ?

– Oui, Votre Grâce. Et voici votre petit déjeuner.

Elle se leva et contempla le plateau avec la cafetière d'argent et les porcelaines délicates, comme si elle n'en avait jamais vu auparavant.

Ils partaient pour la campagne ! Cela signifiait que le duc ne rencontrerait pas Isobel comme cette dernière l'avait prétendu.

Elfa se prépara rapidement, sans savoir ce qu'elle devait penser d'une telle décision.

Quelques minutes avant 11 heures, elle descendait rejoindre le duc dans le hall, où celui-ci donnait des ordres au personnel.

Ils échangèrent un regard lourd d'interrogation de part et d'autre, mais ils gardèrent le silence.

La berline de voyage les attendait. Elfa s'installa, le

duc grimpa à ses côtés et prit les rênes. L'attelage s'ébranla, sous un soleil éclatant.

Les chevaux étaient fringants. Elfa eut tout le loisir d'observer son mari : il s'absorbait avec délices dans la conduite de ses bêtes.

Qu'avait-il pensé de son attitude de la nuit précédente? Lui en gardait-il rancune?

Puis, tandis qu'ils roulaient dans la calme beauté d'une matinée d'été, le souvenir de ses baisers se glissa en elle. Cette extase où il avait su la plonger, elle la retrouva. Quoi qu'il fît, quoi qu'il décidât et même s'il la blessait cruellement, il ne pourrait jamais lui effacer ces instants magiques de sa mémoire.

Comment expliquer ce qu'elle ressentait? Dans les bras de son mari, ce rêve inexprimable qu'elle portait en elle depuis toujours, ce rêve impossible était devenu une réalité brûlante.

Cette sensation profonde, qui touchait aux racines de son être, elle ne pourrait la partager avec personne d'autre. C'était un lien sacré entre son mari et elle.

Leur voyage se poursuivit dans le silence. Mais, bien au delà des mots, leurs âmes se rejoignaient.

Une force mystérieuse émanait de lui, qui comme la nuit précédente, venait s'unir à elle. Elle avait toujours su qu'il existait un amour plus puissant que tout, mais à qui aurait-elle pu en parler?

Ils arrivèrent à Chester House à 1 heure de l'après-midi et la maison lui parut plus belle qu'à son départ. Jamais un retour à Allerton House ne lui avait procuré une telle émotion.

Elle ressentit intensément la présence des bois et elle se promit d'obéir à leur appel.

Le maître d'hôtel les introduisit dans le hall. Elfa qui s'engageait dans l'escalier entendit son mari qui disait :

– Sa Grâce et moi avons l'intention de monter, tout de suite après le déjeuner. Les chevaux du Leicestershire sont-ils arrivés?

– Ils sont aux écuries, Votre Grâce. Leur transport n'a posé aucun problème. Je suis heureux d'apprendre à Votre Grâce qu'ils sont tous en bonne forme.

– Parfait! Faites seller Swallow et, pour moi, l'un des chevaux qui étaient restés ici.

– Très bien, Votre Grâce.

Elfa courut à sa chambre, toute joyeuse à la pensée de retrouver Swallow et, plus encore, de monter avec le duc.

Avant même leur départ pour le Leicestershire, et plus encore pendant leur séjour au pavillon, elle avait découvert qu'une promenade à cheval à ses côtés lui procurait un plaisir très vif et qui ne ressemblait à aucun autre.

Cependant, jusqu'à la nuit précédente, la signification de cette entente profonde lui avait échappé. Ils accordaient le pas de leurs montures, vibraient au rythme du vent qui les enveloppait d'une musique étrange, et cela lui suffisait.

Sa femme de chambre l'attendait :

– Nous sommes tous heureux du retour de Votre Grâce!

– Merci! Je monterai, après le déjeuner, et j'aimerais porter l'un de mes nouveaux habits de cheval. Je pense qu'ils sont arrivés de Londres en mon absence?

– Oui, Votre Grâce. Je les ai déjà rangés. Ils sont très beaux, surtout une amazone qui a la couleur des yeux de Votre Grâce.

– C'est celle-là que je porterai, Susan.

Elle éprouvait une telle hâte de retrouver son mari qu'elle grimpa les marches quatre à quatre. Pendant le repas, la présence des domestiques les obligea à n'échanger que des propos conventionnels. Pourtant, chacun de leurs mots avait une force cachée, une signification secrète.

Pendant un instant de silence, le regard du duc s'attarda sur la bouche de sa femme. Elfa comprit ce qu'il pensait. Elle en fut intimidée, et le rouge monta à ses joues.

Le duc, craignant d'en dire trop, se leva et lui rappela que les chevaux les attendaient.

Ils traversèrent le parc, appréciant le bonheur de prendre un peu d'exercice, après l'immobilité forcée du voyage. Monter Swallow, aux côtés de son mari, représentait pour Elfa un sommet de joie pure. Ses yeux verts étincelaient de vitalité.

Inexplicablement, les sensations de la nuit dernière demeuraient vivantes en elle. Chaque fois qu'elle regardait le duc, si beau, si élégant dans sa façon de monter, son cœur défaillait de bonheur.

Il faisait très chaud et ils allaient au pas, au rythme d'une promenade paresseuse. Le duc la conduisit jusqu'au bois qui dominait le parc.

Ils suivirent un sentier sous des sapins qui les protégeaient de l'ardeur du soleil. Une lumière dorée inondait le faîte des arbres, très haut, au-dessus de leurs têtes. On avait l'impression d'avancer dans un tunnel environné de lumière.

Le bois était très tranquille. Les oiseaux fuyaient vers le ciel à leur approche. Elfa sentait la présence familière et amicale des arbres qui lui adressaient leur message fidèle. Elle eut l'intuition que son mari, lui aussi, comprenait à sa façon ce langage inconnu.

Au sortir d'une futaie, le duc emprunta un chemin étroit, sinueux, au cœur d'un site d'une telle beauté qu'Elfa souhaita s'arrêter pour mieux tendre l'oreille aux murmures de la forêt.

Elle n'osa cependant le proposer au duc. Ils regagnèrent lentement la maison, et Elfa devina que son mari venait d'arrêter un projet pour leur prochaine soirée.

Parfois, il lui semblait lire clairement dans sa pensée. Soudain le duc déclara :

– Je vous ai emmenée de ce côté car j'aime m'y promener, quand je suis seul à Chester House. Demain, ce soir, peut-être... Oui, ce soir, je pense, je vous ferai découvrir un endroit, derrière la maison, que je préfère à tous les autres. C'est un lieu mystérieux. Vous pourrez peut-être m'expliquer pourquoi, quand j'étais enfant, et même jeune homme, je lui prêtais une importance si extraordinaire.

Il regarda sa femme avec un léger sourire, l'ombre d'une moquerie sur lui-même, comme pour s'excuser de son sérieux :

– Quand j'étais malheureux, solitaire ou inquiet, je me réfugiais au bord de cet étang.

– Il y a un étang?

– Oui. Je ne m'y suis pas rendu depuis bien longtemps. Vous allez m'apprendre, j'en suis sûr, qu'il est hanté par les esprits des bois. J'avoue que, depuis que je vous connais, le souvenir de ce paysage m'obsède.

Le son de sa voix, brève et grave, surprit Elfa. Il ne plaisantait pas. Il exprimait quelque chose qui lui tenait à cœur. Ils n'ajoutèrent pas un mot jusqu'à Chester House, où le personnel les attendait.

Elfa monta se changer. Pour plaire au duc, elle choisit l'une de ses plus jolies toilettes.

Leur promenade avait été longue, l'heure s'avançait. Elfa ne ressentait aucune fatigue et débordait de vitalité quand elle rejoignit le salon où l'attendait le duc.

Vêtu comme à l'ordinaire avec une élégance méticuleuse et raffinée, il paraissait plus calme, et plus heureux qu'à l'ordinaire.

Le thé était prêt. Elfa s'avança vers la table où étincelaient les porcelaines fines et les lourdes pièces d'argenterie ciselée.

Des plateaux couverts de toasts, de pâtisseries, de friandises s'offraient à leur appétit. Le duc y toucha à peine. Elfa qui, avant son mariage, appréciait pleinement l'heure du thé, découvrit ce jour-là qu'elle ne pouvait pas manger et ne but qu'une tasse de thé de Chine délicatement parfumé.

– Je voudrais vous parler, Elfa, dit le duc d'une voix

grave et vibrante. Mais après cette journée fatigante, vous désirez peut-être vous retirer.

– Non, je ne me sens pas du tout fatiguée.

Il posa sa tasse vide sur la table, regarda sa femme et lui sourit :

– Restons-nous ici ? Si nous allions dans mon cabinet de travail ? Nous y serions mieux, il me semble.

– J'aime votre cabinet. Vous y avez réuni vos tableaux de chevaux. C'est certainement votre pièce préférée.

– Nous commençons à bien nous comprendre, n'est-ce pas ?

L'atmosphère, entre eux, changea. Elfa éprouva une sensation de danger imminent, de vertige. Elle se trouvait comme au sommet d'une falaise. Un pas de plus, et elle tomberait. Elle s'avançait vers l'inconnu, elle risquait de s'y perdre, mais qu'importait...

– Elfa...

Il lui tendit les bras.

Au même moment, la porte du salon s'ouvrit. Un brouhaha de voix et de rires envahit leur retraite. Le maître d'hôtel, de sa voix bien timbrée, annonça :

– La comtesse de Walshingham... Le major et Mrs Fenwick... Mr Harry Seldon... Lord Hampton...

Il avait à peine achevé de prononcer le dernier nom que la comtesse s'élançait dans la pièce, souriante, les yeux remplis de promesses et les mains tendues :

– Etes-vous vraiment surpris, Silvanus ? Je ne crois pas ! Vous avez quitté Londres sans m'en avertir, alors, j'ai décidé que vous ne vous en tireriez pas comme ça ! Nous voilà tous ! Nous allons passer quelque temps chez vous !

Aucune réponse. Le duc, malgré sa maîtrise de lui-même et son habitude du monde, ne trouvait plus sa voix.

Il en fallait davantage pour déconcerter Isobel. Elle restait là, souriante, et son charme incontestable écrasait Elfa. Aucun homme, pensa la jeune fille, ne pouvait résister à tant de séductions offertes.

Le duc se tourna vers Harry Seldon. Son regard en disait long. Harry s'écria, comme s'il répondait à un reproche clairement formulé :

– Je n'y suis pour rien! Isobel a décidé de venir ici, et je l'ai accompagnée...

– Eh oui, c'est moi qui ai décidé de vous rendre visite, Silvanus! Rappelez-vous le nombre de fois où vous m'avez répété que vos demeures me seraient ouvertes chaque fois que je le souhaiterais? Eh bien, je vous prends au mot! D'ailleurs, je ne suis pas seule, et Kitty avait très envie de vous revoir!

Le duc fit un gros effort et se tourna vers Mrs Fenwick :

– Je suis très heureux de vous voir, Kitty. Et vous, Edouard, comment vous portez-vous?

Pendant qu'il remplissait tant bien que mal ses devoirs de maître de maison, il entendit lord Hampton qui, en baisant la main d'Elfa, disait à mi-voix, avec son impatience ordinaire :

– J'avais promis de vous retrouver, duchesse. Vous avez cru pouvoir m'éviter, mais vous le voyez, je tiens parole...

Lynchester l'interrompit :

– Elfa, vous ne connaissez pas, je crois, Mrs Fenwick, une de mes amies. Son mari appartient au même régiment que moi.

Elfa échangea quelques mots avec les Fenwick. Isobel quant à elle, ne prit pas la peine de la saluer et s'efforça d'accaparer l'attention de Lynchester. Harry jugea la situation délicate.

Puis Elfa annonça d'une voix calme :

– Puisque vos amis viennent ici pour quelque temps, Silvanus, je vais aller m'entendre avec la femme de charge.

Il comprit qu'elle donnait cette excuse pour quitter

le salon. Désireux de venir à son aide, il l'approuva :

– Oui, bien sûr, allez, ma chère!

La comtesse intervint :

– Pourquoi donc? C'est bien inutile! Les domestiques connaissent ma chambre, je pense! Pour nos autres amis, j'ai prévenu le maître d'hôtel. Tout le monde dormira ici.

Elfa ne réagit pas à cette provocation grossière. Elle traversa le salon et Harry se précipita pour lui ouvrir la porte. Arrivée à sa hauteur, Elfa s'arrêta pour lui dire :

– Les chevaux sont bien arrivés, vous savez! Ils n'ont pas souffert du voyage, et ne montrent aucune trace de fatigue, après tout ce travail que nous leur avons fait faire, au pavillon.

– Ah! je suis enchanté de l'apprendre!

Il fut sur le point de la suivre pour lui présenter ses excuses. Cette façon de s'imposer à Chester House le désolait. Il était venu dans l'espoir de remplir autant que possible un rôle de tampon. Il n'osa pas s'en expliquer tout de suite avec Elfa.

La décision d'Isobel avait pris Harry au dépourvu. Sans s'inquiéter de ce qu'il pouvait penser, elle l'avait informé que plusieurs amis de Lynchester allaient faire un séjour à Chester House, et elle l'avait invité à se joindre à eux.

Comment s'y opposer? Certes, Silvanus ne lui avait fait aucune confidence, depuis son mariage. Mais il le connaissait bien. Il devinait que le duc ne se sentait plus du tout aussi proche d'Isobel que celle-ci se l'imaginait.

Harry était prêt à parier que, pendant leur séjour dans le Leicestershire, le duc n'avait accordé aucune pensée à Isobel.

Et pourtant, il avait averti son ami qu'Isobel pourrait réagir comme une lionne à qui on arrache sa proie. Elfa risquait d'en souffrir, et Harry ne voyait aucun moyen de la protéger.

Pendant qu'il hésitait, Elfa se dirigea sans se presser vers les escaliers. Elle se conduisait avec naturel, pas du tout comme si elle fuyait une scène déplaisante.

Harry renonça pour le moment à engager une conversation sérieuse : d'ailleurs, il était temps d'aller se changer pour le dîner.

Elfa ne chercha pas le moins du monde à rencontrer la femme de charge qui, elle en était persuadée, saurait faire face à cette arrivée imprévue. Elle gagna sa chambre, où une soubrette rangeait ses vêtements.

Elle s'approcha de la fenêtre et contempla l'ombre qui descendait sur la pelouse et sur les arbres du parc. Puis elle songea à la jeune femme qui se trouvait en ce moment au salon. Le duc, c'était visible, avait été stupéfait et contrarié par son irruption. Il ne s'agissait nullement d'un arrangement secret pris entre eux.

Elfa le connaissait suffisamment pour savoir qu'il avait horreur qu'on vienne bouleverser ses projets. D'autre part, dans un souci de perfection, il devait détester les visites improvisées et les séjours non préparés.

Elle évoqua leur promenade dans les bois et retrouva sa profonde certitude qu'ils étaient très proches l'un de l'autre.

Le sentiment de défaite qu'elle avait éprouvé dans le salon, devant la beauté triomphante d'Isobel, se dissipa. Silvanus et elle se trouvaient au bord de l'inconnu.

– Comment vous habillerez-vous pour le dîner, Votre Grâce? demanda la femme de chambre, coupant court à sa rêverie.

Sa décision fut prise sans même y réfléchir :

– Je porterai ma robe de mariée!

Le duc regarda sa femme qui en face de lui, présidait la table, entre lord Hampton et Harry Seldon. Elle lui parut lointaine, retirée dans son monde à elle et il eut soudain peur de n'y avoir jamais accès.

Pendant tout le dîner, Isobel s'était montrée provocante, agressive et beaucoup trop tendre et démonstrative à son égard.

Déjà, avant le repas, quand il l'avait rejointe au salon, Isobel lui avait adressé son sourire le plus sensuel. Ses doigts, pour caresser furtivement sa main, avaient retrouvé le geste qui, naguère, l'émouvait toujours.

Peine perdue : ces contacts ne le troublaient plus et même l'agaçaient. Ses sentiments vis-à-vis de cette femme avaient changé.

Il se lassait vite de ses maîtresses, certes. Mais pas de cette façon-là. Il se fatiguait d'abord de leurs conversations, de la ronde monotone de leurs préoccupations. Mais elles conservaient leur pouvoir physique sur lui, malgré l'ennui qu'elles commençaient à lui inspirer.

Rien de semblable, cette fois. Un rideau était tombé entre lui et Isobel, sans que la jeune femme parût s'en apercevoir. Sa beauté ne provoquait plus chez lui le moindre sentiment d'admiration.

Tout au long du dîner, il se mit à détester ses manières possessives, ses commérages venimeux, et sa façon d'attirer l'attention, surtout la sienne.

Il regardait parfois Elfa, anxieux de savoir ce qu'elle pensait, derrière son masque énigmatique de petit elfe.

Comment renvoyer ces importuns, qu'il n'avait jamais eu l'intention de recevoir?

Son premier mouvement avait été de les mettre à la porte, mais il s'était dominé. Il ne souhaitait pas provoquer un scandale qui ferait les délices de tous les clubs et de tous les salons de Londres. Ce serait fâcheux pour lui, mais aussi pour Elfa.

Il lui fallait se résigner à les traiter avec le moins de mauvaise grâce possible!

Au moment de monter s'habiller pour la soirée, Harry trouva le moyen de lui murmurer quelques mots d'excuse. Le duc lui répondit avec sincérité :

– C'est ma faute! J'aurais dû le prévoir!

– Je t'avais prévenu, pourtant, qu'Isobel réagirait!

– Je sais. Je ne t'ai pas cru et, malheureusement, c'est toi qui avais raison!

– Je voudrais bien... commença Harry.

Isobel montait l'escalier, devant eux, avec Kitty Fenwick. Elle se retourna :

– Qu'avez-vous donc à chuchoter, vous deux? Silvanus chéri, vous savez bien que je vous interdis d'avoir des secrets pour moi!

Exaspéré, le duc ne répondit pas et gagna rapidement sa chambre.

Il savait pourquoi Isobel était là, ce qu'elle désirait, ce qu'elle espérait. Elle voulait renouer des liens charnels entre eux, et ôter toute chance de réussite à son mariage. S'affirmer comme la maîtresse en titre, et qu'on le chuchote partout!

Finie, la détente heureuse de l'après-midi. Il se sentait nerveux, pendant que son valet de chambre l'aidait à s'habiller. Tous les projets qu'il avait faits pour sa soirée avec Elfa s'effondraient.

Le dîner traîna en longueur, les heures à venir s'annonçaient interminables. Comment empêcher Isobel de blesser sa femme? Chacun de ses gestes possessifs, caressants, insultaient à la dignité d'épouse de la jeune femme silencieuse et secrète. Même s'il n'avait éprouvé pour elle qu'un respect conventionnel, cette situation l'aurait choqué.

Cette façon qu'avait Isobel de souligner leur intimité par ses paroles et par ses gestes devenait insupportable.

Le moment arriva pour les dames de se retirer au salon. Elfa allait donner le signal en se levant mais, comme si c'était elle l'hôtesse, Isobel la devança et dit :

– Eh bien, nous allons laisser ces gentlemen déguster leur porto! Mais ne tardez pas trop, Silvanus chéri. Vous savez que je déteste vous savoir loin de moi!

La réflexion était si grossièrement outrageante pour Elfa qu'Harry retint une exclamation de colère. Impassible, Elfa marcha vers la porte et s'effaça poliment pour laisser passer ses invitées.

Isobel passa devant elle, très droite, dans un frisson de soie bleue et l'éclat de ses diamants, suivie par Kitty Fenwick, un peu gênée.

Elles suivirent le corridor, et Isobel s'exclama :

– Vous n'ignorez sans doute pas, Kitty, que j'aide Silvanus à aménager sa maison? Il y a tant de trésors à mettre en valeur, ici!

– Tous ces tableaux sont certainement magnifiques, répliqua Kitty, sans se compromettre.

– Presque aussi beaux que le maître de maison, n'est-ce pas? s'esclaffa Isobel.

Elles entrèrent dans le salon.

– Ah! Mon fauteuil favori!

C'était encore Isobel qui parlait.

– Je ne permets à personne pas même à vous, Kitty, de s'y asseoir! Silvanus le sait, et il veille à ce qu'il me soit réservé! Je vous en prie, asseyez-vous, là, en face de moi... Je viens d'avoir une idée merveilleuse.

– Vraiment? murmura Kitty.

– Vous avez appris, je suppose, que Silvanus vient d'acheter un nouveau yacht? Je ne l'ai pas encore vu, mais il paraît que c'est une splendeur. Lorsqu'il sera prêt, nous devons organiser un voyage. Il était question d'aller en Ecosse mais pourquoi ne pas remonter la Seine? Ce sera si romantique de me retrouver à Paris avec Silvanus!

Elle parlait assez haut pour qu'Elfa ne perde rien de ses propos. Mais Elfa ne les entendait pas. Elle s'était approchée d'une porte-fenêtre ouverte sur le jardin et tout à coup, sans un regard pour les deux femmes, elle sortit sur la terrasse et disparut dans la nuit.

Le duc refusa de s'attarder devant son verre de porto et se leva de table aussi vite qu'il le put.

– Vous êtes bien pressé, Silvanus! se plaignit lord Hampton.

Il ne répondit pas. Harry devina la véritable raison de sa hâte. Il redoutait de laisser Elfa en butte aux méchancetés d'Isobel.

Ils quittèrent la salle à manger, mais lord Hampton prit la précaution d'emporter avec lui un grand verre de porto. Au salon, ils trouvèrent Isobel et Kitty, seules.

Le duc embrassa la pièce d'un coup d'œil. Il ne prit pas la peine de demander où était partie sa femme. La porte-fenêtre ouverte lui indiquait le chemin qu'elle avait pris.

Il ne fournit aucune explication. Il fit comme elle, et sortit sur la terrasse.

Isobel, qui préparait de nouvelles chatteries, comprit un peu tard qu'il s'éloignait. Furieuse, elle l'appela, mais il se contenta de presser le pas. Il descendit les marches et traversa la pelouse.

La journée avait été chaude et la chaleur persistait. Pas un souffle d'air pour rafraîchir la température, aussi élevée que dans l'après-midi.

Les étoiles brillaient dans le ciel, et la lune se levait au-dessus du bois où il était certain de retrouver Elfa.

Il lui fallait d'abord traverser une grande partie des jardins. Il marchait vite, pressé par son désir de la rejoindre. Il finit par ôter sa veste, qu'il porta sur son bras.

Après les pelouses, il suivit une allée qui serpentait entre des massifs d'arbustes, avant d'atteindre le bois. Il lui semblait, à présent, qu'il laissait bien loin derrière lui la maison et ses occupants indésirables.

Arrivé sous les arbres, le duc se rendit compte que la

chaleur l'accablait. Il déposa sa veste dans l'herbe et se dit qu'il la reprendrait au retour.

Puis, d'un geste soudain et inexplicable, il retira sa chemise et la jeta sur la veste.

Ce geste, il le faisait, l'été, lorsqu'il était petit garçon. On le lui avait défendu, il s'était fait souvent gronder à ce sujet, par sa gouvernante, d'abord, puis par ses précepteurs. Pourtant, à l'époque, il trouvait tout naturel de se promener ainsi, le torse nu. Et ce soir, la même impulsion lui était revenue.

La lune éclairait son chemin sous la futaie et sa lumière argentée se glissait jusqu'au fond des sous-bois.

La beauté de la vieille forêt rayonnait, majestueuse et envoûtante. Il désirait de toutes ses forces partager avec Elfa l'émerveillement que ce lieu faisait naître en lui. Le monde qu'il venait de quitter resterait toujours étranger à cette splendeur mystique.

Le sentier qu'il suivait le conduirait à Elfa, il le savait. Elle n'était encore jamais venue dans cette partie du domaine, mais ses pas l'y avaient irrésistiblement menée, il n'en doutait pas.

Il arriva au bout du sentier : elle était exactement là où il pensait la trouver.

Une clairière s'ouvrait. Sous des arbres immenses, miroitait l'étang dont il avait parlé à Elfa.

Des lys d'eau croissaient sur ses rives. Les boutons d'or, en larges nappes, émaillaient l'herbe jusqu'au bord de l'eau, là où la forêt se faisait moins drue.

Tout ce paysage baignait dans une atmosphère féerique, d'une force primitive, mystérieuse et prenante.

Sous l'ombre des arbres les plus hauts, les plus puissants, le duc aperçut comme une tache de clair de lune, là où, pourtant, aucun rayon ne pouvait pénétrer.

Au second regard, il comprit qu'il s'agissait de la

robe qu'Elfa portait au dîner, sa robe de mariée couleur d'argent, ornée d'éclats de diamant.

Elfa, nue, se tenait au bord de l'eau.

Immobile, il la contempla. Le clair de lune caressait son corps, pareil à celui d'une nymphe émergeant d'une fontaine. Il comprit qu'elle venait en effet de se baigner.

Elle était si fragile, si mince, si légère qu'il en ressentit de l'admiration, comme pour une jeune immortelle, plutôt que du désir.

Dans ce cadre magique, sous cet éclairage, elle appartenait à un monde si fantastique qu'il s'élança vers elle avec son âme plutôt qu'avec son corps.

Elfa, sans l'avoir vu, devina sa présence. Elle tourna la tête vers l'ombre d'où il l'observait. Aussitôt, le duc quitta le couvert des arbres pour aller vers elle. Elfa ne fit aucune tentative pour s'enfuir ou pour cacher sa nudité.

Elle l'attendit, sous les rayons de la lune qui faisaient briller des perles d'eau sur tout son corps.

Il s'approcha d'elle et la regarda. Le temps sembla suspendu. Leur rencontre s'imposait, prévue de toute éternité, inévitable, ordonnée bien avant leur naissance.

Il perçut une musique étrange, émanant des arbres antiques, et celle, accordée au même rythme, du cœur d'Elfa elle-même.

Il suivit ce mouvement mélodique, lent, harmonieux, venu du fond des âges, pour s'approcher d'Elfa et la prendre dans ses bras.

Il baisa ses lèvres et la sentit contre lui si légère, si calme, qu'elle ne pouvait pas être humaine. Il crut percevoir quelque chose de sacré, d'éternel, une nature divinisée dont leurs deux âmes faisaient partie.

Le corps d'Elfa, contre sa poitrine tiède, devint moins immatériel, plus chaud, plus humain, et le baiser qu'il lui donnait se fit fiévreux, profond.

Elle frissonna dans ses bras, il devina qu'elle commençait à vibrer de cette même extase qu'il avait partagée avec elle, la veille, dans les jardins de Devonshire House.

Il avait connu l'expérience de l'amour avec de nombreuses femmes. Les souvenirs ardents ne lui manquaient pas. Et pourtant jamais, avant leur premier baiser, il n'avait éprouvé un tel déferlement de sensations brûlantes.

En s'éveillant, le matin même, il se demandait s'il n'avait pas rêvé ces moments si étranges. Mais ce soir, il comprenait qu'ils avaient encore tout à découvrir ensemble.

Il l'étreignit plus étroitement. La magie de la nuit était en eux et dans cet amour qui ne ressemblait à rien.

Elfa et lui ne faisaient plus qu'un, rien au monde ne pouvait les séparer. En cet instant sacré où ils se sentaient comme des dieux, il savait néanmoins, qu'il était un homme.

Le clair de lune jouait dans les reflets de l'eau. La mélodie des arbres s'intensifiait et se mêlait à celle de leurs cœurs. Les esprits des bois attendaient.

Le duc souleva Elfa dans ses bras et la déposa doucement sur l'herbe.

Le parfum des fleurs flottait autour d'eux, mais il respirait quelque chose de plus fort, de plus mystérieux, venu des arbres eux-mêmes et de la nature en fête, et qui participait au rythme de leur vie.

Et puis, il n'y eut plus rien, que cette extase qui les ravissait jusque dans les profondeurs de la nuit étoilée, là où ils ne formaient plus qu'un seul être...

Bien plus tard, quand les rayons du clair de lune se furent perdus de l'autre côté de l'étang, Elfa chuchota :

– Je vous aime...

Sa voix, ténue et fragile, s'élevait pour la première fois depuis que Silvanus l'avait rejointe. Mais ils avaient partagé ce qui ne s'exprime par aucun mot. Aucune barrière, aucun secret ne subsistait plus entre eux.

– Moi aussi, je t'aime, Elfa, ma douce, ma bien-aimée, ma vie...

– Je ne croyais pas cela possible d'éprouver quelque chose d'aussi violent, d'aussi parfait, sans en mourir...

– Je ne t'ai pas effrayée, cette fois?

Elle sourit :

– Comment pourrais-je avoir peur... de Silvanus?

– C'est ainsi que tu m'as vu?

– Tu étais le dieu que j'attendais depuis toujours... Dissimulé, à demi nu, sous les arbres... Tu es venu vers moi, j'ai pensé que tu étais Silvanus...

– Et toi, tu étais la plus exquise nymphe jamais sortie d'un étang de légende, au plus secret d'une forêt.

Elfa eut un petit rire de joie :

– Oui, c'est un étang de légende... Quand je l'ai vu, j'ai compris que c'était ce lieu que tu aimais tant, enfant.

– Tu savais que je t'y rejoindrais, ce soir?

– Oui... Je crois que je le savais. Les arbres m'ont parlé, dès que je les ai retrouvés... Je savais qu'ils me conduiraient là où je devais aller...

– J'ai pensé que cela se passerait ainsi.

– Oh! Tu m'as comprise! Jamais je n'aurais cru que quelqu'un puisse jamais me comprendre, surtout pas toi! (Elle devina aussitôt qu'elle venait de le blesser :) J'avais tellement entendu parler de toi, de la vie que tu menais... Pour moi, tu étais un homme extrêmement séduisant, bien sûr, mais seulement cela.

– Maintenant?

– Tu es ce dieu caché qui a toujours fait partie de ma vie...

– Quand je t'ai prise dans mes bras, j'ai su que cet

instant était prévu depuis toujours et que dans l'éternité du temps, nous devions nous appartenir.

– Tu es sincère?

– Je passerai ma vie à t'en convaincre. Depuis que je t'ai vue, ton visage m'a hanté, ensorcelé. Aucune autre femme, jamais, ne m'attirera plus.

Elle se pressa contre lui, avec un gémissement de bonheur. Il caressa la ligne pure de sa hanche.

– Je me demande pourquoi je parle d'une autre femme! Tu n'es pas une femme, mais un être surnaturel, et qui m'a complètement envoûté!

– Ah! Je le voudrais tant!

– Pourquoi?

– Je ne savais pas, moi, que l'amour pouvait être puissant, fort, bouleversant... Je sentais cela dans les arbres, j'écoutais cette musique, quand ils me parlaient.

– Nous l'écouterons ensemble.

– Je me suis trompée sur ton compte, au début, c'est vrai. A présent, je sais, et je t'aime, pour toujours.

Il prit ses lèvres. Le corps d'Elfa, sous ses mains, était doux et chaud. La vie s'écoulait des fleurs, de l'herbe, des arbres alentour. Le cœur du monde battait à travers leur couple.

Son baiser se fit plus violent, plus possessif. La flamme se ralluma entre eux. Les yeux d'Elfa, brillants de fièvre amoureuse, le supplièrent :

– Aime-moi, Silvanus... Aime-moi...

Leur amour s'élança dans la nuit ardente, très loin, jusqu'aux étoiles.

7

Le duc s'éveilla avec le souvenir d'un immense bonheur.

Il resta les yeux clos, sans bouger, certain de n'avoir jamais été aussi heureux et comblé.

Enfin, il se décida à ouvrir les yeux. Ses rideaux étaient clos. Son valet de chambre, en entrant pour l'éveiller, avait dû le trouver profondément endormi et il n'avait pas insisté.

Rien d'étonnant à cela : le jour se levait lorsque Elfa et lui avaient regagné la maison.

Ils s'étaient arrachés avec bien du mal à l'enchantement de l'étang. C'était abandonner leur monde secret pour retrouver la réalité quotidienne, avec son lot d'ennuis.

La maison se dressait contre le ciel pâlissant, le soleil allait se lever. Il se souvint des problèmes qui les attendaient, mais ceux-ci, au regard de ce qu'ils venaient de vivre, lui parurent bien peu importants.

Il conduisit Elfa jusqu'à une petite porte, qu'il savait ouverte, et la ramena à sa chambre par un escalier secondaire, où ils ne risquaient pas de rencontrer le veilleur de nuit, ou le valet de pied de service dans le hall.

Après avoir ôté la robe d'Elfa, il l'avait portée dans son lit. En regardant la jeune fille appuyée aux oreillers, sa chevelure lumineuse éparpillée sur ses épaules, il pensa qu'il ne lui avait pas menti : quelle autre femme pourrait désormais l'attirer?

– Dors, ma bien-aimée! Souviens-toi que nous nous sommes rencontrés et que rien d'autre ne compte.

– Je t'aime, Silvanus.

Il baisa ses lèvres, en les effleurant à peine, et aussitôt elle se rendormit.

Quand il se retrouva seul dans sa chambre, il sentit monter du fond de son être une prière de reconnaissance. Toutes ces années où la solitude l'accablait, malgré toutes ces femmes qui, toujours, le décevaient! A présent, il avait rencontré la seule, l'unique...

Il s'était endormi en pensant à Elfa. Il s'éveilla, le cœur battant, à la pensée qu'elle se trouvait là, qu'il allait la voir dans quelques instants.

Il regarda l'heure. Elfa devait dormir profondément. Il décida d'aller l'éveiller par un baiser.

Il se leva : sur le tapis, une tache claire lui sauta aux yeux, sous la porte de sa chambre.

Cette porte, il ne l'avait fermée que pour éviter à Elfa d'être réveillée par son valet de chambre, quand il entrerait à l'heure habituelle pour tirer ses rideaux.

C'était la première fois de sa vie qu'il songeait d'abord au bien-être de la femme aimée, plutôt qu'à ses propres désirs. Il avait ainsi résisté à son envie de la garder dans ses bras tout le reste de la nuit.

Il venait de vivre une expérience unique dans sa vie, en révélant Elfa à elle-même et en la rendant femme. Mais pour elle, cela représentait un profond bouleversement. Il lui faudrait se montrer tendre et patient à son égard.

« Je veillerai sur elle, je la protégerai toute ma vie... »

Cette promesse, il se l'était faite en secret, elle l'engageait jusqu'au fond de lui-même. Elfa lui avait rendu la fraîcheur de ses rêves de jeunesse, obscurcis et perdus au long d'une vie de plaisirs faciles. Et maintenant, en ramassant la lettre glissée sous la porte, il avait peur.

Qu'était-il arrivé? Pourquoi lui écrire, quand elle n'avait qu'à entrer pour se trouver dans ses bras?

« Absurde! » jugea-t-il. Pourquoi sa main tremblait-elle en ouvrant l'enveloppe?

Elfa avait écrit un court billet, qu'il lut lentement :

« Je vous aime, Silvanus. Je ne pourrais pas supporter que quelque chose vienne gâcher cette merveille qu'est notre amour. Lorsque vous m'appellerez, je vous entendrai, et je viendrai. »

Il comprit ce qu'elle voulait dire.

Leur amour était entier, pur, sacré. On ne pouvait permettre à personne de le salir. Or, quelqu'un pouvait tenter de le faire, et c'était Isobel.

Il partagea le sentiment d'Elfa, mais il n'en éprouva pas moins une vive contrariété. Elle promettait qu'elle reviendrait, qu'elle devinerait son appel, mais il ne pouvait supporter son absence, à ce moment précis de leur union.

Il restait debout, la lettre à la main. Puis il se mit à dresser un plan de bataille, comme lorsqu'il avait des troupes à commander, ou qu'il avait décidé de rénover sa maison et son domaine.

Il voyait nettement ce qu'il fallait faire pour retrouver sa femme.

Il sonna son valet de chambre, fit venir les différents responsables de son personnel et leur dicta ses ordres.

Une heure plus tard, le duc galopait dans la campagne, en direction d'Allerton Towers. Une heure seulement : il n'avait pas perdu une seconde pour tout organiser avec cette minutie et ce souci du détail qui le caractérisaient.

On avait sellé l'un de ses meilleurs chevaux. Vingt

minutes lui suffirent pour atteindre les écuries d'Allerton Towers, où il confia sa monture à un groom.

Il évita l'entrée d'honneur, trouva la porte de service dont Elfa lui avait parlé et, sans rencontrer quiconque, arriva au premier étage. Là, une femme de chambre, légèrement effarée, le reconnut et le salua avec respect.

– Je voudrais parler à lady Caroline.

– Je crois que Sa Seigneurie se trouve dans son salon, Votre Grâce. Dois-je prévenir Sa Seigneurie que Votre Grâce désire la voir?

– Non, montrez-moi seulement le chemin.

Elle le précéda jusqu'au second étage. Sans attendre d'être annoncé, il ouvrit la porte du boudoir.

Caroline, assise sur un divan, s'entretenait avec Edouard Kalkirk qui tenait ses mains enfermées dans les siennes. L'entrée du duc les prit de court. Ils se levèrent, l'air un peu coupable.

– Je suis navré de vous déranger, Caroline, mais j'avais besoin de vous voir à l'insu de vos parents.

– Je vais me retirer... commença Edouard.

Le duc le retint :

– Non, ne partez pas si vite, Kalkirk. Je serais content de m'expliquer avec vous. En fait, je voulais vous rendre visite ces jours-ci, et cette rencontre tombe à merveille.

Edouard Kalkirk, un jeune homme séduisant, aux yeux francs, parut surpris. Le duc continua :

– Elfa m'a appris que vous possédiez quelques excellentes juments poulinières. J'ai pensé que vous aimeriez peut-être utiliser mes étalons. J'ose dire qu'ils sont de premier choix.

Edouard Kalkirk, à cette perspective éblouissante, ne trouvait plus ses mots :

– Utiliser vos étalons, Votre Grâce? répéta-t-il enfin.

– Pourquoi pas? Ce serait stupide de ne pas le faire, alors que nous sommes de si proches voisins, non?

Mais le mieux, peut-être, serait que nous envisagions une association, pour votre élevage?

La surprise était trop forte pour Edouard. Caroline s'exclama :

– Comment? Vous voulez vraiment dire... Mais, si Edouard était... Si vous deveniez vraiment associés, papa ne pourrait plus empêcher notre mariage!

Le duc sourit :

– Oui, j'avoue y avoir pensé! Elfa en serait enchantée!

– Je ne sais comment vous exprimer... commença Edouard.

– Ne dites rien. Allez trouver mon chef d'écuries et arrangez tout ça avec lui, il est prévenu.

Edouard fit un nouvel effort pour manifester sa gratitude, mais le duc s'adressa à Caroline :

– J'ai quelque chose à vous demander.

– Oui, bien sûr, si je peux...

Edouard, renonçant à trouver les termes appropriés, se dirigea vers la porte.

– Un instant, Edouard! intervint Caroline. Voulez-vous veiller à ce que personne ne vienne nous déranger?

Il fit un signe d'acquiescement et sortit. Caroline regarda le duc :

– Je voudrais vous dire, moi aussi...

Le duc alla droit au fait :

– Inutile, Caroline. Vous avez un moyen très simple de me remercier, c'est de me dire où se trouve Elfa.

L'expression du ravissant visage de Caroline fut éloquente. Le duc ne s'y trompa pas.

– Non! Non! N'ayez pas peur, Caroline, nous ne nous sommes pas querellés! Bien au contraire, nous sommes heureux. Comment vous dire? Nous sommes aussi heureux que vous pourrez l'être, Kalkirk et vous, quand vous serez mariés.

– Mais alors...

– Il est arrivé des invités importuns, à Chester

House. A vrai dire, des gens que nous n'avions pas songé à inviter! Elfa a choisi de fuir et de se cacher jusqu'à leur départ.

Caroline restait déconcertée.

– Elle m'a laissé un billet pour me prévenir qu'elle s'en allait, mais sans indiquer sa destination. On m'a appris, aux écuries, qu'elle était partie ce matin sur Swallow. Elle ne peut donc pas être très loin.

– En effet.

– Où peut-elle être, Caroline? A-t-elle une amie intime, dans le voisinage? Si quelqu'un peut le deviner, c'est vous, et vous seule!

Caroline, visiblement, se donnait beaucoup de mal pour réfléchir à la question. Ces efforts méritoires portèrent leurs fruits. Elle s'exclama :

– Mais bien sûr! Je sais où elle est partie se cacher! Ce ne peut être que là!

– Vous avez deviné? l'encouragea-t-il.

– Elle ne peut être que chez son ancienne gouvernante, miss Mathieson. Quand elle s'était disputée avec papa, quand il la contrariait, c'est toujours chez miss Mathieson qu'elle allait se refugier!

– Et où se trouve la maison de miss Mathieson?

– A dix miles environ, au sud du domaine, dans le village de Little Welham.

– Ce nom ne m'est pas inconnu.

– Vous l'y trouverez sûrement! affirma Caroline avec conviction. Cela ressemble tout à fait à Elfa de s'enfuir comme ça, vous savez! Je n'en suis pas du tout étonnée! Elle a toujours été sauvage et elle a horreur des gens qui arrivent sans prévenir.

– Moi aussi! fit-il en souriant.

– Vraiment? Eh bien, c'est parfait. Allez la chercher : la maison s'appelle Honeysuckle Cottage.

– Merci, Caroline. Oh! Une chose encore : je vous en prie, ne parlez pas à vos parents de tout ceci. Je préférerais même qu'ils ignorent ma visite.

– Aucun risque : papa est parti pour je ne sais

quelle réunion de comité et maman, elle, travaille dans le jardin. Vous pouvez être tranquille, personne n'en saura rien.

Là-dessus, elle tenta à nouveau de le remercier, mais il ne voulut rien entendre. Il quitta la maison comme il y était entré, sans rencontrer personne, pas même, cette fois, la femme de chambre qui l'avait guidé. Il courut aux écuries, reprit son cheval et retourna chez lui.

Quand il arriva à Chester House, il constata avec soulagement qu'il était encore trop tôt pour rencontrer Isobel ou Kitty, toujours retirées dans leurs chambres. Il lui fallait aussi éviter George Hampton et Edouard Fenwick.

Il monta se changer et envoya son valet de chambre à la recherche de Harry Seldon. Celui-ci devait rôder dans la maison, car il arriva sans tarder.

– Enfin, Silvanus, te voilà! Je me demandais vraiment où tu étais passé! Tu n'as pas déjeuné avec nous. Je suis parti aux renseignements et j'ai appris que tu faisais une promenade à cheval. Si tôt?

– Ecoute-moi bien, Harry. J'ai des explications à te donner. Je vais partir.

– Quoi?

– Patiente un peu, veux-tu? L'autre jour, je t'ai rendu un service, t'en souviens-tu? Oui, Marguerite... Tu étais content, tu m'as promis que tu me rendrais la pareille, à l'occasion.

– Oh! Je me souviens, oui, mais je me méfie! Qu'est-ce que tu attends donc de moi?

– Harry, tu vas prendre Isobel en main, et t'occuper de ma maison à ma place, jusqu'à mon retour.

– Quoi? Quoi? protesta Harry, stupéfait. Tu perds la tête, je pense? Que veux-tu dire?

– Ce ne sera pas trop difficile, si tu y mets un peu de bonne volonté. Tu dois en être capable! Tu seras le maître absolu à Chester House. Maître d'hôtel, femme de charge et le reste du personnel, tout le monde est prévenu, tout le monde est aux ordres de Ta Seigneurie. Ai-je besoin de te dire que le point le plus important c'est que tu veilles au bien-être des chevaux!

– Doucement, veux-tu? Où pars-tu? Avec qui? Et quand reviens-tu?

– Je vais être franc avec toi, tu le mérites. Je ne peux pas répondre à ta dernière question : je n'en sais rien! Quant à l'endroit où je vais, c'est un secret entre Elfa et moi. Ce qui règle la question de t'apprendre avec qui je pars.

Harry regarda son ami :

– Dis-moi, Silvanus... J'ai ma petite idée sur ce qui se passe. Je ne crois pas me tromper. Toi, tu es amoureux!

Le duc répondit avec simplicité :

– Je suis heureux, et c'est la première fois de ma vie.

– Et moi, j'en suis enchanté! Mais je ne peux pas dire que j'apprécie beaucoup la mission que tu me confies! Balayer les cendres de ton passé...

– Je sais, ce n'est pas très drôle, en effet. Mais à qui demander cela, sinon à toi? Il faut que tu m'aides, Harry!

Harry, malgré tout, fit la grimace :

– Je me demande si tu te rends compte combien la corvée sera difficile, avec Isobel!

– Je sais. Il faut que tu lui fasses bien comprendre que je ne désire plus la revoir. Kitty a du bon sens. Je suis sûr qu'elle t'aidera à lui démontrer que son comportement, hier soir, a été inexcusable. Même si je n'étais pas amoureux d'Elfa, je n'aurais pas supporté qu'une de mes anciennes maîtresses se permette de telles impertinences à l'égard de ma femme. Je tiens à ce qu'Isobel le sache.

– Tout ça est parfait, Silvanus. Mais toi, tu pars, et moi, je reste aux prises avec cette furie. Ce n'était déjà pas si gai, hier soir, après ta disparition!

– Qu'a-t-elle fait ?

– Quand elle a compris que tu ne reviendrais pas, elle s'est montrée particulièrement agressive, et nous avons tous passé un vilain quart d'heure. Enfin, Dieu merci, elle a claqué la porte pour monter se coucher. Quand elle va descendre, dans un moment...

– Je serai loin !

– C'est ce que je dis ! Imagine qu'après mes explications et en supposant qu'elle ne m'ait pas défiguré dans sa rage, imagine qu'elle refuse de partir ? Qu'est-ce que je fais ?

Silvanus éclata de rire :

– Jette-la dehors ! Tu as carte blanche ! Mais le plus simple, ce sera encore que tu la laisses se morfondre tout à son aise. Elle n'aime pas tellement la campagne et la trouvera vite insupportable...

– Sans toi, surtout, acheva Harry.

– Exactement ! Fais-lui comprendre que la rupture entre nous est définitive. Elle partira.

Le duc revêtit un court manteau de voyage, puis sourit à Harry, en lui tendant la main :

– Merci, Harry. Tout, dans cette maison, est à ton entière disposition.

– Jusqu'à quand ?

– Jusqu'au moment où nous serons prêts, Elfa et moi, à regagner le monde civilisé.

Harry ne put s'empêcher de penser que ce serait peut-être long. Jamais il n'avait vu son ami aussi heureux.

Harry devina que Silvanus venait de vivre une expérience qui l'avait transformé, sans qu'il puisse s'expliquer comment. On sentait en lui une maturité, une plénitude toutes nouvelles. Harry aimait beaucoup Silvanus. Souvent, il avait déploré son instabilité et souhaité pour lui une femme capable de le fixer.

– Transmets mon très affectueux souvenir à Elfa, dit-il. Quand j'ai fait sa connaissance, j'ai pensé qu'elle ne ressemblait à personne, non seulement par son apparence physique, mais aussi par sa personnalité.

Le regard de Silvanus reflétait une grande paix intérieure. Harry ajouta :

– Pas besoin d'être sorcier, Silvanus, pour deviner que cette fois, tu ne risques pas de t'ennuyer ou d'être déçu !

– J'en suis certain. Allons, il faut que je parte. Accompagne-moi.

La berline de voyage attendait devant une porte secondaire, sur le côté de la maison. Le duc ne souhaitait pas rencontrer ses hôtes. Il voulait partir sans leur dire au revoir et sans fournir la moindre explication sur son départ précipité.

La voiture, attelée d'une paire de chevaux bais, était la plus confortable et la plus rapide qu'on puisse trouver. Harry remarqua que les chevaux de main, destinés à relayer, comptaient aussi parmi les plus fringants. Le duc allait sûrement accomplir un long parcours.

Silvanus prit les guides des mains d'un groom qui monta sur le siège arrière.

– Merci, Harry !

L'attelage s'élança fougueusement, comme électrisé par l'énergie de son conducteur.

Bientôt le duc atteignit ce petit village, aux confins du domaine de Northallerton, où, à en croire Caroline, Elfa s'était réfugiée. Il découvrit sans peine Honeysuckle Cottage. Puisque Elfa aimait à y venir, la maison devait se trouver à la lisière des bois : il put constater qu'il ne s'était pas trompé.

Lynchester sauta à terre sans laisser à son groom le temps de l'annoncer. Quand la porte s'ouvrit, il se trouva en face d'une femme aux cheveux blancs, tout à fait le portrait d'une ancienne gouvernante.

– Vous êtes miss Mathieson, n'est-ce pas ?

Elle lui sourit, sans aucune marque de surprise, et répondit avec courtoisie :

– Et moi, je suis sûre que vous êtes Sa Grâce, le duc de Lynchester. Elfa s'attendait à votre visite! Mais je dois dire que vous êtes arrivé plus vite encore qu'elle ne l'espérait.

Il ne pouvait plus dominer son impatience :

– Où est-elle?

– Vous la trouverez dans la forêt, Votre Grâce. Elle s'y est étendue, comme à son habitude, dès son arrivée.

Il suivit miss Mathieson, qui lui fit traverser sa maison jusqu'à une porte donnant sur un petit jardin bien soigné. Au fond, un portail s'ouvrait sur la forêt.

Un chemin s'enfonçait sous les chênes. Il n'eut qu'à le suivre pour découvrir Elfa, vêtue de son amazone verte, mais sans veste et sans chapeau.

Sa légère blouse de mousseline se détachait contre un tronc d'arbre et sa chevelure ardente étincelait aux rayons du soleil perçant entre les branches.

Il l'observa un moment, attentif à ce qui allait se produire. Comme il l'espérait, elle ressentit le choc magnétique de sa présence. Elle se retourna et courut se jeter dans ses bras.

Il la serra contre lui et l'embrassa jusqu'au moment où, le souffle court, il releva la tête et plongea son regard au fond de ses yeux verts.

– Silvanus... Je ne pensais pas que tu viendrais si vite...

– Pourquoi es-tu partie? Tu as eu raison de le faire, mais si tu m'en avais averti, je serais parti avec toi.

– Je ne savais pas si tu accepterais.

– Il faut que nous reprenions la route, Elfa. Nous avons encore un long chemin à faire. (Elle lui adressa un regard interrogateur. Il sourit :) C'est un secret!

– Je veux bien aller n'importe où, pourvu que nous soyons ensemble!

Tout au long du sentier, ils se pressèrent l'un contre l'autre. Il ne put s'empêcher de s'arrêter pour embrasser encore avec passion et tendresse, l'être qu'il aimait le plus au monde : Elfa, sa jeune épouse.

Le duc n'avait pas exagéré, le voyage fut long. Enfin, vers la fin de l'après-midi, la mer apparut à l'horizon et l'air du large, salé et vivifiant, fouetta leurs visages.

Elfa comprit enfin quelles étaient les intentions de son mari. Enchantée, excitée comme une enfant, elle se pressa contre son épaule. Ils entrèrent dans un petit port de pêche où le duc avait fait mouiller son nouveau yacht.

Il l'avait baptisé *La Sirène*, et l'avait acheté à des constructeurs de la côte sud, à proximité d'un port où il possédait quelques terres. Il ne comptait pas s'en servir avant plusieurs semaines. Mais tout à coup, le yacht était devenu ce qu'il leur fallait. Le destin lui-même, et peut-être ce dieu à qui Elfa l'identifiait, avaient pris leurs affaires en main pour leur offrir une lune de miel idéale.

Avant de partir pour Allerton Towers, le matin même, il avait envoyé un domestique au port. En arrivant sur le quai, il vit avec satisfaction que le fourgon aux bagages, tiré par six chevaux, était arrivé.

Elfa n'avait d'yeux que pour le yacht, dont elle admirait les lignes élégantes. C'était un bâtiment superbe, et plus grand que tous les bateaux de plaisance qu'elle avait vus jusque-là.

Le duc l'aida à descendre de la berline. Elle s'arrêta pour caresser les chevaux qui les avaient conduits jusqu'à la côte, et elle fit ses adieux au groom.

– Surtout, Jim, veillez à ce que les chevaux se reposent avant de les ramener à la maison! recommanda le duc.

– Bien sûr, Votre Grâce!

Ils montèrent à bord où régnait la perfection si chère

au duc. Chaque détail était raffiné, et il s'y joignait les innovations les plus modernes en matière de confort.

La salon était décoré en vert, depuis les rideaux jusqu'aux divans et aux fauteuils. On aurait pu croire que le duc avait deviné, avant même sa rencontre avec Elfa, que le vert était sa couleur de prédilection.

Ils continuèrent leur visite. En entrant dans la cabine principale, Elfa découvrit une pièce qui lui parut sortir tout droit de ses rêves.

Les murs étaient peints en vert jade. Le lit, immense, était en chêne et ne ressemblait en rien à une couchette de bateau. Les montants sculptés figuraient les branches d'un arbre, et les draperies du baldaquin, tous les animaux de la forêt.

– Quand j'ai fait construire le yacht, expliqua le duc, j'ai rencontré un vieil artisan, qui vit sur mes terres. J'ai admiré ce qu'il faisait. Ce lit est son œuvre. Tu seras la première personne à y dormir, ma bien-aimée, comme tu es la première à monter à bord de *La Sirène*.

Les propos d'Isobel, qui projetait un voyage à Paris à bord de ce yacht, lui revinrent à l'esprit. Un peu inquiète, elle questionna :

– Où allons-nous?

– Où tu voudras, ma bien-aimée. Pour l'instant, nous allons prendre la mer et longer la côte d'Angleterre jusqu'en Cornouailles. J'y possède une maison où je ne suis pas allé depuis bien longtemps. Jamais, en tout cas, depuis que je suis un homme.

Ce disant, il voulait lui faire comprendre qu'il ne s'y était jamais rendu avec une autre femme.

– Cette maison m'a été léguée par la famille de ma mère. Elle est au bord de la mer, entourée d'arbres magnifiques qui descendent jusqu'à la plage. Nous y serons seuls. Personne ne risque de venir nous y surprendre.

Elfa soupira :

– C'est si parfait, Silvanus, que j'ai un peu peur.

– Peur?

– Les dieux sont jaloux d'un trop grand bonheur.

– Je te protégerai des dieux eux-mêmes... (Il la prit dans ses bras et releva son visage :) Comment ai-je pu rencontrer quelqu'un d'aussi adorable et d'aussi unique?

Elle lui sourit. Il dit passionnément :

– Tu es à moi, et pour toujours, à personne d'autre au monde! Je suis jaloux, je te préviens! Non seulement des autres hommes, mais aussi de tout ce qui peut t'intéresser, même de tes pensées!

– Tu ne peux pas être jaloux... Je t'appartiens sans réserve... La nuit dernière, pendant que tu m'aimais, j'ai senti que nous ne faisions plus qu'un, à jamais... comme si nous étions le tronc d'un seul arbre...

Elle parlait d'une voix très douce, avec timidité : elle comprit qu'il l'écoutait attentivement. Encouragée, elle poursuivit :

– Un arbre a des branches, n'est-ce pas? Il donne de l'ombre, il abrite un grand nombre d'autres vies... Tu es un homme puissant, tu te dois à beaucoup de gens... J'aimerais t'aider un peu, dans tes responsabilités, vis-à-vis des autres...

C'était la première fois qu'il rencontrait une femme qui, après lui avoir donné son amour, continuait à se préoccuper du monde qui les entourait.

Il l'avait découvert le matin, Elfa lui rendait la fraîcheur et l'enthousiasme de sa jeunesse. Il avait souhaité, jadis, remplir dignement son rôle. Elle lui montrait le noble emploi qu'il devait faire de sa vie.

– Je te comprends, ma bien-aimée. J'essaierai de ne pas te décevoir. Une grande tâche nous attend, mais pour le moment, j'ai le droit de jouir pleinement de notre lune de miel, tu ne crois pas?

– J'y ai pensé, lorsque je suis montée à bord de *La Sirène*.

– *La Sirène* va nous emmener dans un monde où nous pourrons être totalement l'un à l'autre. Jusqu'au

moment où tu décideras – car c'est à to…
cette décision – qu'il est temps pour nous de re…
à nos charges respectives.

Elfa sourit :

– Ce ne seront pas des charges, Silvanus, car nous serons ensemble. Nous aurons beaucoup à faire, mais il y aura des moments où nous serons seuls...

Elle regardait le grand lit sculpté qui évoquait le monde de la forêt.

– Tu peux en être sûre, mon adorable petit elfe. L'homme le plus occupé dispose néanmoins de ses nuits, pour retrouver le clair de lune, les étoiles, les rêves, l'amour...

Il l'embrassa, mais s'éloigna d'elle très vite, avec un léger rire :

– Maintenant, ma chérie, je vais donner l'ordre qu'on nous serve à dîner. La journée a été éprouvante. Tu voudras sûrement te coucher tôt.

Il ne put s'empêcher de l'embrasser encore. Il avait la certitude exaltante que tous deux avaient beaucoup à apprendre l'un de l'autre.

Le steward déposa le porto et le cognac dans le salon du yacht et sortit. Le duc remplit les verres et tendit le sien à Elfa :

– A toi, mon amour, à notre lune de miel. Nous fêterons tous les ans cet anniversaire, pour ne jamais oublier notre premier voyage.

Elfa leva son verre :

– A Silvanus...

Inutile d'ajouter le moindre commentaire : ce nom résumait tous ses rêves, tous ses désirs.

Sa robe du soir était du même vert que la peinture des murs du salon, et la faisait ressembler à une naïade.

Le dîner cuisiné à bord par un excellent chef était délicieux. Ils bavardaient, de cette façon libre et aisée qui leur était devenue familière. Il sentait tout ce que

…ui pour elle ajoutait de puissance à sa personnalité. Ses aspirations l'élevaient au-dessus de lui-même et il se jugeait capable d'atteindre aux plus hauts sommets. Il le dit à Elfa :

– C'est toi qui m'as donné tout cela.

– Non, tu l'avais en toi. Tu as simplement découvert que l'amour était un stimulant.

– Je croyais que les jeunes filles ne connaissaient rien à l'amour! remarqua-t-il, taquin.

– Je ne connaissais rien à l'amour que tu m'as révélé... D'une certaine façon, c'est l'amour lui-même que je recherchais dans la nature, dont les arbres me parlaient... Celui dont je rêvais...

– Eh bien, nous y rêverons ensemble...

Le yacht avait quitté son mouillage et se balançait sur une mer calme, poussé par un vent faible. Elfa entendit avec étonnement l'ordre de jeter l'ancre. Le duc répondit à son regard interrogateur :

– Nous restons dans la baie pour la nuit. L'équipage pourra se reposer mais, surtout, je tiens à ce que nous ne soyons pas dérangés par la mer. Il est temps d'aller nous coucher.

L'ardeur de son regard fit rougir Elfa. Il lui prit le bras et la conduisit jusqu'à la cabine principale. Le valet de chambre de son mari avait préparé le lit et plié leurs vêtements de nuit. Elle jeta un regard autour d'elle, mais ne découvrant aucune soubrette, elle murmura :

– Je crois... Je crains que vous ne soyez obligé de... Je ne peux pas ôter ma robe toute seule!

– J'ai l'intention de remplacer ta femme de chambre... Tu trouveras tout le personnel nécessaire, dans notre maison de Cornouailles, mais ici, à bord de *La Sirène*, c'est moi qui m'occuperai de toi, et cela m'enchante.

– Moi, cela m'intimide... avoua Elfa, dans un souffle.

– Tu n'étais pas intimidée, la nuit dernière.

– C'était différent... Tu étais Silvanus, le dieu que j'attendais depuis toujours... Mais ce soir... tu es un homme...

– Oui, je suis un homme... Hier, moi aussi, je t'ai prise pour une déesse, et je t'ai adorée... Mais tu es aussi une femme, ma bien-aimée...

Il l'attira contre son épaule et se pencha sur son étrange et ravissant petit visage, ce visage qui lui paraissait venir d'un monde féerique.

De son doigt, il caressa l'arc des sourcils, le joli petit nez, la bouche tendre et délicate.

Elle frissonna entre ses bras, d'un frisson sensuel qui la parcourait toute. Le duc murmura :

– Je sais t'émouvoir, n'est-ce pas, mon adorable petit Elfe? J'en suis heureux, parce que, toi, tu me rends fou...

Il dénuda ses épaules et effleura des lèvres la douceur de sa gorge. La robe d'Elfa glissa sur le plancher. Il l'emporta jusqu'au grand lit, aussi mystérieux qu'une profonde futaie. Elfa crut se retrouver sur les bords de l'étang enchanté.

Il la pressa contre son corps puissant. Elle comprit que, partout où il serait près d'elle, elle retrouverait l'enchantement du premier soir.

– Je t'aime, Silvanus...

– Je te désire... entièrement. Ton corps, ton âme. Et pour l'éternité...

Il l'embrassa avec une fièvre qui se communiqua à sa jeune épouse. La passion les emportait. Elfa ne connaissait plus ni crainte ni réserve. L'amour la soulevait, la jetait contre le duc, et unissait les battements de leurs cœurs, le rythme de leur vie.

Il n'existait plus au monde que leurs deux corps unis par l'amour, et le lent soupir de la mer.

Achevé d'imprimer sur les presses de l'imprimerie Brodard et Taupin
58, rue Jean Bleuzen, Vanves. Usine de La Flèche,
le 16 avril 1984
6038-5 Dépôt Légal avril 1984. ISBN : 2 - 277 - 21627 - 5
Imprimé en France

1627
★★

Editions J'ai Lu
27, rue Cassette, 75006 Paris
diffusion France et étranger : Flammarion